泣き娘

小島環

Kojima Tamaki

集英社

◉目次

泣き娘

胡服麗人

十三歳の燕飛《えんひ》には、焦りしかなかった。

「笵浩大兄《はんこうたいけい》、銭爺《ぜにじい》が埋められてしまいます！」

御者の笵浩に呼びかけると、馬車は激しく揺れながら、神都《しんと》の永通門《えいつうもん》をとび出した。

「うるせぇな！　まにあわせてやるから泪飛《るいひ》は黙ってろ。この国で一番の哭女《こくじょ》のおまえに、舌でも嚙《か》まれちまったら、俺が鬼婆《おにばば》にどやされんだぞ！」

五歳年上の笵浩に低い声で怒鳴られて、燕飛は白い喪服の袖をきゅっと握った。

哭女とは、葬儀で嘆く女のことだ。

弔いのために嘆くことを、哭礼《こくれい》という。葬儀では悲しむことが礼儀であり、死者への供養となる。だからたいていの遺族は、泣くことのうまい哭女に弔ってくれと依頼する。

そして燕飛は哭女であった。哭女となるとき燕飛は『泪飛』の名を使うが、いま、この名は神都に広く知れ渡っている。

遅刻なんかしたら、哭女『泪飛』の信用に傷がつく。

そんなのは困る。

だが、頭一つぶん大きい力自慢が相手では、口を閉ざすほかなかった。

そもそも、派遣の依頼をすべてひきうける周旋屋《しゅうせんや》が悪い。責任を哭女と御者に押しつけるなど、あんまりだ。

心のなかで周旋屋を棺《ひつぎ》に収めると、燕飛は目をこらして進路を眺めた。

延載《えんさい》元年（六九四）の六月九日は、久しぶりの晴天に恵まれた。

長雨で神都の花は落ちたが、眼前に広がる邙山《ぼうざん》の緑は瑞々《みずみず》しく輝いている。

半刻ほどかけて邙山のふもとについた。かつてここは、風景が美しいと評判の名所だったが、裕福な者たちによってすっかり墓地に変えられた。いまでは斜面は段々畑のように整地され、平たい場所には墳墓が建てられている。

風にのって、厳かな奏楽が響いてきた。

坂道を、長蛇の列が登っている。

馬車が山道を駆けあがって最後尾に追いつくと、笵浩が喉の奥で笑った。

「黄家《こうけ》の銭爺は、ずいぶん嫌われてたみてぇだな。家族の顔を見てみろよ、憑《つ》き物《もの》が落ちたみてえに晴れやかじゃねぇか」

旗持ちと奏楽が、葬列者を先導している。音色にあわせて、黄家に雇われた五十人ほどの男たちが、棺に結ばれた縄を曳《ひ》いていた。棺のすぐ横を親族が歩き、従者と参列者が続いている。

顔を俯《うつむ》けたり、袖で覆ったりする者が見える。すすり泣きも聞こえてくるが、演技が下手だ。湿っぽい雰囲気はどこにもなく、葬列の足取りは妙に軽かった。

「まるで祝賀行列のようですね」

燕飛が呟《つぶや》くと、笵浩が当然だろうと頷《うなず》いた。

「黄徳利《こうとくり》は自分に益があるのなら、周りが泣こうとも気にしない、ひとでなしだったからなあ」

その銭爺が、妻が朝起きてみると隣でぽっくり逝っていた。

ひとの恨みを買いすぎてとうとう暗殺されたかと、役人がこぞって調べたが、疑うところの微《み》塵《じん》もない大往生だった。

「死者を偲《しの》んで泣く者が多いほど家の名誉となるとはいえ、誰でも鬼畜のために涙を流せるわけじゃねえ。だから、哭女に依頼がくるわけだ」

土塀の前で馬車は停《と》まったが、葬列は門を通って、広場に入っていった。

広場には、天幕がいくつも張られている。

その下には卓と椅子が用意されており、賓客が葬列の到着を待っていた。

燕飛は懐から小指ほどの木簡を取り出した。

『黄の鼻』という字を確かめてから、襟と幅広の麻帯、首裏で括《くく》った髪に触れた。

化粧のない素顔のために、燕飛は年齢よりも幼く見られる。母に似た容貌は、妾《めかけ》にならぬかと誘われるくらいには整っていた。眉はどこか困ったような形であり、瞳には切なさが漂い、唇には悲しみの色があると評判だ。

燕飛は髪と服の乱れを整えると、急いで馬車を降りた。

「それでは、ひと泣きしてきます」

山風に、単衣《ひとえ》のゆったりとした袖が乾いた音をたてる。なにか、声にならない思いを聞いたような気がした。

銭爺は棺のなかで、嘆く者のいない自分の葬儀を、どう感じているのだろう。風が流れる先を、燕飛はぼんやりと目で追った。

「葬列には遅れちまったが、埋葬にはまにあったんだ。いまさら追い返されるんじゃねえぞ」

「わたくしを誰だと思っているのですか？」

視線を強めて見上げると、笵浩が肩をすくめた。

「売れっ子の汨飛を呼べるなんざ、銭爺は最後の最後まで強運だ」

笵浩の言葉に満足して門をくぐる。天幕の奥に墳墓が見えた。

山を削った洞穴が、黄家一族のために新設された墓地だ。松や柏《かしわ》が植えられており、石造りの碑が建てられている。

広場も墳墓も、庶民の家より大きかった。

「冥界でも、どうせ大儲《おおもう》けをするんだろ」

賓客の小声が、背後から聞こえた。

銭爺は金に好かれたが、ひとには嫌われていた。

葬儀を見れば、死者の人柄が伝わってくる。

棺は祭壇の前に置かれていた。果実や酒が供えられており、麻の喪服と草履《ぞうり》姿の親族六人が、棺の左右に敷かれた筵《むしろ》に蹲《うずくま》って、わざとらしく泣き叫んでいた。

弔いのための哭礼とはいえ、親族が懸命に嘘泣《うそな》きをする姿は、死者を馬鹿にしているのかと思えるくらいに滑稽だ。

親族のなかに、鼻に大きなほくろのある男を見つけた。書きおぼえ通りの目印だ。

銭爺の息子であり、喪主だ。

燕飛が名乗ると、じろりと睨《にら》まれた。

「遅かったな。前の仕事が押したのか?」

「ご心配をおかけして、もうしわけありませぬ」

帰るべきかと門外に視線をむけると、乱暴に肩を摑《つか》まれた。

「高い金を払ったのだ。親父《おやじ》のために、料金ぶんは弔ってゆけ」

銭爺の息子らしい性格だなと燕飛は思った。

確かに、泪飛を呼ぶとなればその料金は哭女としては別格だ。

哭女の雇い賃など、それを副業としている者なら子供の駄賃程度のものだ。ところが泪飛はこれを本業としているうえ、さらに神都随一と評判なのである。

それだけに、首都であるこの神都随一の哭女を雇いたいなら、前金と後払い金あわせて、一般的な男ひとりを神都で雇うのと同じだけの金額が、きっちり時間ぶんだけ必要だ。

そのうえ、仕事ぶりにあわせて色をつける必要もある。

燕飛は了承の拝礼をしてから、傍らの老婦人に囁《ささや》いた。

「お疲れでしょう。わたくしが代わりを務めます」

老婦人は燕飛を見たとたん、痩《や》せた顔に安堵《あんど》の笑みを浮かべた。

「ああ、ようやく休めるのね」

「いけません、哭女は参りましたが、葬儀は続いておりますよ」

燕飛は袖で目尻を拭う仕草をした。意図が伝わったとみえて、老婦人はすぐに憂い顔を装った。

葬儀では、涙を絶やしてはならない。

銭爺が死んで五日目だ。親族の疲れを思いやり、燕飛は老婦人に同情した。

死後三日目までは、息を吹きかえす可能性があるので埋められない。

遺族は霊魂を呼び戻す儀式をして、遠方の親類に訃報を知らせる。

葬儀の段取りも決めねばならない。

埋葬の日時を占い、葬儀屋に頼んで、喪服や棺といった葬具と、人手を集める。

それを、ずっと泣き喚《わめ》きながらこなすのだ。死者と違って、遺族に休みはない。

悲しみで喉も通らないはずだからと、食事は粥《かゆ》しか許されない。体力も気力も削られて、葬儀の終わりには誰もが痩せこける。

「ねえ、哭女なら、あのひとの評判は知っているのでしょう?」

老婦人の不安げな声は、泣き続けたために嗄《か》れていた。

「貧農の出身でありながら、北市《きたいち》で最も成功した富商だと耳にしております。昨年の施しでは、救われた者も大勢いるとか」

調べた情報からよいところを絞りだすと、老婦人が顔をゆがめた。

「老いたから、世間の評判が欲しくなったのよ。施しと言いながら饅頭《まんじゆう》に自分の名を押印させるなんて、売名行為と謳《うた》っているようなもの。なんて卑しいまねかしら。でもね、主人は忠告を聞くようなひとではなかったの」

銭爺の妻ならば、没落した貴族の出身だ。名族との繋がりを求めた銭爺に購《あがな》われた。

黄家の良心と評される妻がこれほどまでに皮肉るのだから、よほど銭爺への恨みが深いのだろう。

「ひととは、別の角度から見れば違う面が現れます。どうぞ、ご心配なく」

「そう、ね。神都一と評判だもの、うまくやるわよね」

燕飛は親族に慟哭《どうこく》を休むように告げて、広場の中央に立った。

奏者に視線を配ると、演奏がやんだ。神都の葬儀関係者とは、話す機会は少なくとも、顔なじみだ。汨飛の仕事の仕方を知っている。

賓客は卓を囲んで話に夢中で、哭女などには見向きもしていない。

「ああ、どうしてでしょう。神都の空は晴れとなっても、悲しみの雨は降りやみませぬ」

澄んだ燕飛の歌声に、人々が顔をあげた。

嘆く者などいないと、賓客が苦笑いを浮かべている。燕飛は伝わらないもどかしさを胸のなかで増幅させながら、歌を続けた。

「あなたは太陽のような方でした。強い光に目が眩《くら》み、顔を背ける者もおりました。けれど、あなたという光は、大勢の足元を照らしてくださいました」

燕飛の頬《ほほ》を涙が伝った。

袖で拭わず、流れるにまかせる。

周旋屋のせいで走りまわらねばならない自分、銭爺に忠告しても退けられた妻、葬儀だというのに喜ばれている銭爺の気持ちに入りこみ、燕飛は悔し涙を瞳からあふれさせた。

「あなたを失って、わたくしたちは、闇の暗さを知りました。それでも、歩んでゆかねばなりません。どうか、どうか、この先の道を、いつまでも見守っていてください」

本当の涙を流して歌う燕飛の姿に、袖で目元を拭う賓客が「彼女は誰だ」と黄家の執事に問うのが聞こえた。

哭女『泪飛』は、二年前に、神都に突如としてあらわれた。姿の可憐《かれん》さばかりではなく、遺族の心によりそって悲しみを歌う仕事ぶりから瞬く間に人気となった。

儒教が生まれるより前から、哭女はその名の通り、女が務めてきたそうだ。かつては遺産の相続人が男ではなく女であったから女がやるのだという話を周旋屋から聞いたが、真偽のほどはわからない。

喪の悲しみを誘発させ、故人の人生をふりかえり、生きてきたことが無駄ではなかったとしめすために哭女は歌う。

泣く者さえいないとは、この世で貢献してこなかったと同じ意味だ。死者はあの世に行ってから軽蔑される。

本来であれば妻や娘が務めるのだが、いない場合もある。それに、悲しいからといって、思い通りに嘆き、即興で歌える者は少ない。

汨飛が歌えば、朗らかな墓場が湿り気をおびる。

燕飛は雨乞いの巫女《みこ》のように、人々の涙を誘った。

突如として、賓客は目が覚めたかのように騒ぎ出した。歌で作りあげた完璧な嘆きの空気はあっというまに消え、塀のほうから広場にむかって、動揺がみるみるうちに広がってくる。

異様な格好をした男が、好奇の目にさらされながら、棺の前までやってきた。

燕飛は唖然とし、喪主は叫んだ。

「青蘭《せいらん》！　なんという装いだ、父を侮辱しに来たのか」

青蘭と怒鳴られた男は、髪と瞳が黒色の二十代半ばの漢人《かんじん》だ。

白い毛氈《もうせん》の帽子をかぶり、大きな襟のついた奇妙な上衣を着ている。派手な赤の布地に、黄糸で鹿と華の豪華な文様が縫い取りされていた。

下衣は袴《はかま》をはいており、帯と長靴は黒い革製だ。革帯は玉と金で飾られて、銀の太刀が吊《つ》り下《さ》げられている。

白い喪服の参列者のなかで、青蘭は異彩を放っていた。

燕飛と同じ漢民族の風貌だが、月からの使者と名乗られても納得できそうなほどの珍妙な服装だった。

「ようやくお会いできた。貴殿に、聞きたい話がございます」

青蘭の拝礼と言葉遣いは美しかった。育ちがよいのだろう。微笑《ほほえ》みを浮かべる顔だけを見ると、優しそうな男だ。

しかし、葬儀に喪服を着ないなど、頭に蛆《うじ》でもわいているのだろうか。

これまで燕飛は、白や黒の肌に赤や黄の髪、青や緑の瞳をした胡人《こじん》が、異国の服を着ている姿をいろいろな場所で見かけたことがある。

市場で店舗を構えている場合や、武官や文官として勤めている姿も珍しくない。また、多くの国から、最先端の文化を求めて使節や留学生が派遣されている。

銭爺は豪商であったので、賓客に異国のひともちらほら見かける。

だが、どこの民族であろうとも、礼儀に則《のっと》った喪服を着ている。

銭爺をよほど憎んでいるのだろうか。それとも、常識が死んでいるのか。

何食わぬ顔で非常識な行動をしている青蘭が、燕飛にはなんだか怖かった。

「話しあいなら断ったはずだ。縁があるとはいえ、かなりの遠縁だ。墓地まで押しかけてくるとは思わなんだな」

喪主はそっけなく告げると、黄家の執事を手招きした。

屈強な男が足早に近づいてくる。

青蘭との関わりあいを避けるため、追い出そうとする気なのだ。

燕飛も面倒を避けて、喪主の陰に身をひそめた。

「どうしても仔細《しさい》を知りたいのです」

青蘭が懐から布包みを出して、お供えくださいと喪主に渡した。

「親友の死を知った日からそのような奇行を始めたと聞いたが、もう幾月たったと思っておるのだ。いい加減にせよ。ご両親も嘆いておるぞ。悩みがあるなら、話してみよ」

喪主が執事に布包みを渡しながら問うと、

「明かせませぬ」

きっぱりと青蘭が答えた。

話を聞き出したいなら、もう少し言葉を選べよと、燕飛は思わず内心で突っこんだ。けれど、そのような気遣いができるなら、そもそも異装で葬儀にはあらわれない。

「話にならぬな。お主に関わっていると、私までがおかしな目で見られてしまう。汨飛を貸してやるから、いますぐに帰ってくれ」

「えっ、どうしてわたくしが！　わたくしは、お父上のために、泣かねばならぬのではありませんか？」

突然のことに、燕飛は驚きの声をあげた。

「まもなく棺を埋める。少し早いが、哭女の役目は終わりだ。そなたは張良《ちょうりょう》の葬儀に参列していたであろう。棺によりそい、切々と泣いておったな」

燕飛は喉を鳴らした。張良の名は覚えている。確かに、葬儀で慟哭した。

張良とは、西域で戦っていた軍人だ。半年ほどまえ、国境で遊牧国家の襲撃を受け、命からがら神都に戻ってきたが、戦傷がもとで今月の初めに死んだ。遺体は葬儀の後で、邙山に埋葬された。

だが、葬儀に参列していたという理由で、危ない男と一緒に放り出されては困る。

「なあ、青蘭、哭女のほうが、お主の親友の部下であった張良について、詳しく聞いておると思うだろう？」

「それは、確かに」

青蘭の同意に、燕飛は寒気を覚えた。

やめてと言う前に、喪主が青蘭にむけて燕飛の肩を押した。

ふり返ると、執事が怖い顔をして燕飛と青蘭を塀の外に追い払った。

厄介事を押しつけられた。

腹がたつが、わめいたところで汨飛の評判に傷がつくだけだ。

燕飛は心のなかで喪主の首を刎《は》ねながら、青蘭を見上げた。

視線が交わった。澄んだ瞳と穏やかな微笑みは、異装と似つかわしくなかった。得体の知れないものとむきあっているような心地がして燕飛の身は震えた。

燕飛は顔をそむけると、急ぎ足で馬車にむかった。

笵浩は馬車の傍らで、いびきをかいて眠っていた。背後から、青蘭が近づいてくる気配がする。

燕飛は笵浩を叩《たた》き起こそうとしたが、それより先に肩を摑まれた。

「張良の葬儀で、なにを見た？」

真剣な顔で迫られた。冗談でも言おうものなら、頭から食われそうだ。

燕飛は困惑しながら、愛想笑いを浮かべた。

「仕事で知った話を、ひとに言うわけにはまいりませぬ」

だから手を離して、とつけ加える。

青蘭の手に力がこめられた。

「金なら払う。哭女であるのなら、故人を偲ぶために、死者について詳しい話を知っておるはずだ。張良は、我が友の部下であった。彼らが戦場で傷を負ったわけを、遺族から聞いておるだろう」

指が食いこんで痛い。

燕飛は苛立《いらだ》ちを覚えた。この世がすべて、自分の思い通りにいくとでも思っているのか。

異様な格好ではあるが、帽子も衣服も、帯も靴も、上等なものだ。裕福で、恵まれている。哭女ひとりくらい、どうにでもできると信じて疑っていないのだ。

「こう見えても人気の哭女です。信用は、売りませぬ」

燕飛はつんと澄ました。言ってやったと爽快だったが、すぐに怖くなった。いざとなったら、叫び声をあげて笵浩を起こそうと決めて、青蘭の反応を待った。

「では、……どうしたらよいのだ」

青蘭が悲しげに呻《うめ》いた。雨のなかに捨てられた、子犬のような顔だ。燕飛より十歳は上のはずなのに、弱り顔を素直にさらしている。見ていると、なんだか情けない男のようにも思えてきた。

燕飛は、青蘭を改めて眺めた。

なにを考えているのか、摑みどころがない。

けれど、一つだけ、自分と共通するものがある。

青蘭にも、奇行にはしらねばならないくらいの、強烈な悲しみがあったのかもしれない。

「親友を失った日から、服装を変えられたそうですね。貴殿になにがあったのか教えてくださるのならば、わたくしもお答えいたしましょう」

「そうか、……残念だが止めておくよ」

青蘭は背をむけると、さっさと馬に跨《また》がって、邙山を去っていった。

燕飛はあっけにとられた。

なにがなんでも、張良の死について知りたいという勢いだった。

だが、異装するわけは知られたくないらしい。燕飛は、好奇心に膨らむ胸を押さえた。

「いけない、いけない。他人に興味をもっては、いけないのだった」

燕飛は己に言い聞かせると、笵浩の肩を揺すった。

「おっと、なんだ、もう終わったのか」

笵浩がまぶたを擦《こす》ってから、両腕をあげて伸びをした。

朝から何件もの葬儀に馬車を走らせ、笵浩も疲れている。

「帰りましょう。周旋屋まで送ってください」

燕飛は笵浩の馬車に乗りこむと、青蘭が消えた坂道をくだった。

平地へと続く坂道は、女帝が治める神都に続いている。

女帝は、武周《ぶしゅう》という王朝を建てた武則天《ぶそくてん》だ。

大唐帝国をそっくりそのまま受け継いだ武則天だが、皇族や古くからの寵臣《ちょうしん》は、いまも女の天子に反発している。

中国史上で初めての女帝は、旧臣を遠ざけるために首都を長安《ちょうあん》から洛陽《らくよう》に移すと、都の名を神都と改めて大改修をおこなった。

神都は天を模している。女帝の宮殿は北極星の象徴であり、天空を銀河が流れるように、洛水《らくすい》が都の東西を貫いている。

夕暮れの神都には家々の小さな明かりが灯《とも》り始めており、闇に輝く星屑《ほしくず》のようだった。

地上の夜空は、見ているだけなら美しかった。山道からぼんやりと神都を眺めながら、燕飛は笵浩に呼びかけた。

「青蘭という男を知っていますか？」

「青家の末っ子。裕福な坊《ぼ》っちゃんだろ？　最近は奇行にはしってるって噂《うわさ》だぞ」

「確かに、不思議な格好で現れました」

「青蘭が来たのか？」

「喪主に追い払われましたけれども。張良の死について調べてるみたいでした」

笵浩が、玩具を見つけた子供のような声をあげた。

「面白れぇ。青蘭には、狄仁傑《てきじんけつ》の部下だった経験があるからな。きっと張良の死に、不審な点があったんだろう」

「狄仁傑とは、凄《すご》いひとなのですか？」

「まあ、おまえは若いから知らねぇか。狄仁傑って御仁は、一年で一万を超える罪人を処理して、ただのひとりも冤罪《えんざい》を訴えなかったという賢臣だ。酷吏《こくり》に陥れられて左遷されちまったけどな」

「正しい行いが、報われぬ世ですから」

本音がこぼれたが、笵浩は気にした様子を見せなかった。

「おまえは狄仁傑に興味をもつより、まずは周旋屋の鬼婆をどうにかしろよ」

「すみません。今日も、無茶をさせました」

「なあ、いつまで鬼婆の言いなりになって仲介料をとられ続ける気なんだよ。哭女を始めて二年になるんだ、すっかり仕事は覚えたろ。独立して、俺と葬儀屋をやらないか？」

御者の思いがけない言葉に、燕飛は笑った。

「それって、仲介料を渡す相手が笵浩大兄に変わるだけでしょう」

「俺のほうが鬼婆よりも長生きするし、泪飛を守ってやれるぞ。哭女なんてやってんだ、ほかに親しいやつもいないだろ」

死に関わる仕事は忌まわしいと、ひとに距離を置かれる。

家族や友人からは職を変えるように迫られたり、結婚相手が見つからなかったりもする。未婚で子供がいない者だけがやるとも言われるが、廃業の心配がなく、儲けもそれなりに期待できる仕事だ。

「それで、孤独なわたくしに、笵浩大兄の女になれと言うわけですか」

「まあ、な。どう考えたって、鬼婆には大事にされちゃいねぇだろ」

鞍替《くらが》えしろよと誘われて、燕飛は困った。

利用されているのはわかっているが、周旋屋の老婆を頼らねばならないわけがある。

だが、笵浩に話せば、弱みを握られる。

「考えておきます」

遠まわしの断り文句を告げて、燕飛は天を見あげた。

誰かに、すべてを吐露したい。弱音を吐いて、相談をしたい。

けれど、守らなければならないものがある。

泪飛になると決めたときから、燕飛は秘密を抱えて生きてきた。


神都は四方を城壁に囲まれている。

城壁は境界だ。防御のためだけではなく、世界を二つに区別している。ひとが作りあげた文化圏と、人知の及ばぬ神々の領域だ。

死の象徴である墓地は、城壁の外に作られる。

馬車は永夏門《えいかもん》をくぐると、神都最大の通りを南に駆けた。

幅広の道を、らくだの隊商がのんびりと歩んでいる。馬車がすれ違い、騎乗の官吏《かんり》が颯爽《さっそう》と走りぬけ、人々の体がぶつかり合い、呼び声や笑い声が響いている。

洛水に架かる石脚橋《せききゃくばし》を通り、漢人や胡人の富商が住まう地域を抜けると、北市と呼ばれる賑《にぎ》やかな市場に出る。

大通りをそれて、路地から路地へと曲がった。道は細くなり、薄汚れた壁が連なる。割れた瓦の目立つ灰色の家の前で、馬車は停まった。

家の前には、鳥籠が吊り下げられていた。

籠の扉は開いており、鳥はいない。困ったら飛び込んでおいでという、周旋屋の目印だ。

「独立の話だが、考えとけよ。一日の始めと終わりに必ず仕事の報告をさせるなんざ、異常な締めつけだ。ほかの哭女も同じならわかりもするが、汨飛だけにだろ」

哭女を専業でやっている者は、神都で十数人いる。誰もが名の知れた哭女で、独立してやっているのがほとんどだ。初めは誰もが周旋屋から仕事を貰《もら》い、仲介料を払いながら働くが、評判が高まるにつれて飛びたっていく。

周旋屋と関わりをもつ哭女の数は、三十人ほどだろう。小遣い稼ぎとして時間があいたときに、泣くのがうまい女がやる。一件の葬儀につき、時間は半刻ほどだ。

汨飛は、神都随一と評判になっても仕事を始めた最初の頃からの生活を変えていなかった。誰よりも朝早く周旋屋にむかい、ありったけの仕事を請け負い、誰よりも遅く戻ってくる。

「わたくしに、哭女という仕事を教えてくれたひとですから。そう簡単には裏切れません」

微笑んでから、笵浩を見送った。

馬車が角を曲がって見えなくなってから、燕飛は鳥籠の扉を閉じて周旋屋に入った。

周旋屋の店内は暗かった。

主である老婆の就寝時間は早い。灯《あか》りを惜しんで、闇が濃くなる前に眠ってしまう。

店の中央に置かれた円卓には、訃報の手紙が乱雑に置いてある。

「戻ったのかい。仕事は終えたのだろうね」

老婆が厳しい口調で、店の奥から現れた。

質素な葛布《くずふ》の単衣を着て、薄くなった髪を左耳の後ろで丸め、木の簪《かんざし》を挿している。

「右聴大人《うちようたいじん》、笵浩大兄にかなり無理をさせたよ」

燕飛は、老婆の本名を知らない。左の耳が聞こえないので、ひとには右聴と呼ばれている。

「あんたらは、よく働くいい子だね」

右聴の耳には、都合のよい話しか届かない。笑顔で手紙を重ねて、燕飛にさし出した。

戻ったばかりなのにと、燕飛は眉根をよせた。

「読むなら灯りが必要だよ」

右聴は字があまり読めない。老眼のせいだけではなく、多くの庶民と同じく文字を習う機会がなかった。

「じゃあ明日にするよ。もっと早く帰ってくればいいのにねえ」

身勝手なため息に、燕飛は舌打ちをした。

「笵浩大兄に、独立しようと誘われたよ。大事にされてないだろ、って」

「夢を見せてやるのは構やしないが、私が忙しく仕事をいれてやってるのは、あんたのためだよ。もうすぐ、十四になっちまうんだろ」

右聴の視線が、燕飛の胸を這《は》いまわった。

「俺の胸は永遠に膨らまねえよ。泪飛が男だと気づいている者も、まだいない！」

燕飛は右聴を残して、奥の衣装部屋にむかった。

部屋には棚と、化粧台がある。派遣する人間にあわせた衣裳《いしょう》を、豊富にとりそろえてある。

燕飛は喪服を手早く脱いだ。

一刻も早く、周旋屋を去りたかった。

「男娼《だんしょう》ですら十八で廃業だ。男が哭女なんて、長く続けられるもんじゃない。稼げるうちに、稼ぐんだよ」

ふり返ると、右聴が部屋の柱にもたれて燕飛の体を眺めていた。

女でないからといって、流す涙に違いはない。泣き喚けばよいと簡単に考えている哭女には、負けやしない。

泪飛として、悲しみを演じきってみせる。男だと気づかれないように、努力もする。

だが、右聴の言うとおり時間はどうにもならない。燕飛の体は変わる。身長が伸びて、筋肉がつく。髭《ひげ》が生えて、声が低くなる。

「そうは言っても、やっぱり仕事は詰めこみすぎだ。右聴大人は、店で座ってりゃあ仲介料が入る。だけど俺は、泣いては歌い、歌っては泣き続けてんだ。声が嗄れたり、倒れちまったりしたら飯の種を失っちまう」

もともと、大家であり唯一事情を知る右聴に、稼ぎの一部を渡して、割のよい仕事をまわしてもらっている。

女に変身できるうちに荒稼ぎをして、引退する流れに異論はない。

だが、何事も無理を続ければ破綻する。体を壊してからでは遅いのだ。

燕飛は俯いて肩を震わせた。

拳を握って、目尻を擦る。

右聴は、燕飛の訴えを鼻で笑った。

「あんたは本当に昔から、泣きまねのうまい子供だったよ。どんなとき、どんな場所でも泣けるってのは、類まれなる才能だ。もしも、泪飛が誕生しなければ、あのふたりも身を売るしかなかったわけだからね。ほら、今回の取りぶんだ」

右聴の袖から出てきた布袋《ぬのぶくろ》は、ひと目で中身が少ないと知れた。

「借金を返しても、もっとあるはずだろ？」

「家賃のぶんを抜いておいた。ほらね、もっと金が必要だ。だから、懸命に働きな。毎日誰かが死ぬとはいえ、泪飛の旬はいまだけだ」

押し切られる。

燕飛に右聴と争う気はない。秘密を知っている共犯者だが、敵にまわせない相手だ。

「わかった、まかせるよ」

燕飛は麻の布衣《ほい》に着替えると、報酬を受け取った。

緇《くろ》の外衣《がいい》を頭からかぶり、すっかり男の姿になって、周旋屋の裏口から静かに出た。

路地には、夜の冷たさが満ちていた。家々の灯りが、街路の闇を濃くしている。

寒くはない。ただ、心細かった。ひとりで歩く夜道には、不安しか落ちていない。

太鼓橋を渡ると貧民街だ。一歩進むごとに、街の雰囲気は殺伐とする。二つの川に挟まれて、水害の起きやすい危険な地区だ。

都の人口を増やすために、近郊の貧農たちを集めて、神都の北に住まわせた。

燕飛の祖父も、そのひとりだった。

父親は小役人となったが、読み書きはやっとできる程度で、母はまったくできなかった。

両親は燕飛に、科挙《かきょ》に合格して中央政府の官吏となり、家名をあげるよう望んでいた。

石造りの塀のむこう側に自宅の灯りが見えた。燕飛は安堵して、走りだした。

「お兄ちゃん、おかえりなさい」

玄関を開けると、妹の瑶《よう》が駆けてきた。

三歳年下の瑶が見せる温かな笑顔に、すべての苦労が報われる気がした。

「阿雲《あうん》は？」

「眠ってしまったわ。まだ三歳だもの、起きてられないの」

「俺のこと、忘れちまわないかな。心配だよ」

「大丈夫よ。いつも話して聞かせてるの。阿雲には立派なお兄ちゃんがいて、大変な思いをしながら、私たちを守ってくれてるのよって」

瑶の瞳には、燕飛への純粋な信頼がある。瑶は十歳だが、賢い少女だ。艶《つや》やかな黒髪に、柔らかい肌は白く瑞々しい。唇には、心からの微笑みが浮かんでいた。

四年前に父親が治水工事で命を落とし、後を追うように母が病気で逝った。

妹と弟を養いながら両親と住んでいた家でそのまま暮らすために、大家で周旋屋の右聴の勧めで、燕飛は哭女を始めた。

そこで、燕飛はたいていの笑顔が作り物だと知った。

誰もが、悲しみや怒りを、ぐっとこらえて生きている。

それで、人間関係は円滑にいくのだ。

だが、妹と弟は違う。

心から燕飛を頼り、慕っている。

右聴の言う通りだ。稼がなければならない。

いまは生活をするだけで精一杯だが、金を貯《た》めて、不自由のない暮らしをさせてやる。

「困ったことがあったら言うんだぞ。俺が絶対に助けてやるからな」

燕飛は右聴から受け取った金を、そのまま瑶に渡した。

「それなら、できるだけ、阿雲が起きてるうちに帰ってきてね」

瑶がぎゅっと腰に抱きついてきて、「ご飯できてるよ」と言った。

近所のひとの手を借りながらも、瑶は家事をすべてこなしている。

「おい、おい、おまえがくっついていたら、食いにいけないだろ」

燕飛が、小さな背中に手をまわそうとしたとき、門を叩く音がした。

瑶と顔を見合わせた。夜に訪ねてくる客は珍しい。だが、ありえない話でもなかった。

仕事の話だろう。死は、常に突然だ。

しかし、右聴にしては遠慮がちだ。

いぶかしみながら、燕飛は瑶をなかに残して家を出ると、門越しに問いかけた。

「どなたですか？」

「青蘭だ。この場でそなたの名を連呼されたくなければ、門を開けてくれないだろうか」

燕飛の背中を冷や汗が流れた。

「そなたとは？」

「哭女の泪飛、だ」

青蘭の言葉に迷いはなかった。

尾行されたと、燕飛は悟った。泪飛の素性は、右聴しか知らないはずだ。けれど、青蘭は探りあてた。

「なんの話だ。泪飛なんて知らないが？」

門を開けた燕飛の姿を、青蘭は暗い顔で眺めた。

女装を解けば、どこから見ても少年だ。

燕飛は人違いだと思わせて、青蘭を追い返そうとした。

「いいや、君こそが泪飛だ。私は役人時代に、清廉潔白な御仁である狄仁傑殿に仕え、事件を裁くうちに、ひとを見る目が養われた」

ごまかしはきかないと、青蘭が断言をした。

改めて、奇妙な男だと燕飛は思った。裕福な役人だったとは聞いていたが、それなりに経験もあるようだ。

ただひたすらに、迷惑でしかなかった。

知らないと突っぱねるか迷ったが、門前で泪飛の名を喚かれては、近所に秘密が知れ渡る。なんとしても、口止めをしなければならない。

「狄仁傑に興味はないな。蘭大人が、清廉潔白な御仁かどうかが問題だ。とにかく、家のなかで話そうぜ」

なにがきっかけで奇行に繋がるかわからないので、親しみを演じながら青蘭を家に招いた。

玄関を開けると瑶が駆けよってきた。背後から続く青蘭を見て、顔に不安をただよわせてあとずさった。

異装も奇妙だが、瑶が知らない相手を家に入れたのは、母が死んでから初めてだ。燕飛の表情からも、嬉《うれ》しい客ではないと悟ったのだろう。心配させてしまったことが、悔しかった。

「阿雲を頼む。このひとと、ふたりで話すから」

瑶が青蘭を見上げてから、燕飛に小声で問いかけてきた。

「困ったことになったのでしょう?」

「違うよ。だから、そんな顔するな。俺は死んだりはしないから」

いつも、笑っていて欲しいと思う。苦労をかけていると知っているが、家族の笑顔を守るために、燕飛は恥に耐えると決めたのだ。

燕飛は自分に言い聞かせるためにも、瑶に強く「大丈夫だ」と告げて、青蘭を居室に通してから扉を閉じた。

「それで、どうしてここに？」

青蘭が真剣な面持ちで唇を開いた。

「ずっと悩んでいた。けれど、張良の葬儀の詳細を知るためならば、泪飛にわけを話すと決めた」

青蘭には勇気のいる決断だったようだ。

しかし、泪飛の正体と住居を知られた燕飛にとっては、いまさら青蘭の異装のわけなど、心底どうでもよかった。一刻も早く帰ってほしい。

「男の姿になってるときに、泪飛と呼ぶのはやめてくれよ」

「では、なんと呼べばよい？」

「俺の名は、燕飛だよ」

名を明かして、燕飛は話の続きをうながした。

互いに秘密を握りあえば、暴露される心配が少なくなる。

「では、小飛《しょうひ》。楊真士《ようしんし》を知ってるかい？」

青蘭は燕飛を親しい子供に呼びかけるように小飛となれなれしく呼んできたが、燕飛は無視した。

「いいや、初耳だ」

「私が異装をしているわけはね、親友の楊真士と、約束をしたからだ。楊真士は、国境を侵して略奪をくり返す遊牧民を、討伐せよと命じられた。それで私に、俺は湿っぽいのは嫌いだから、戦死しちまったら、葬儀のときには最高に陽気な衣裳で参列しろよ！　と言ったんだ」

青蘭は話の後半を明るい口調で話すと、真剣な顔に戻った。

燕飛は額を押さえた。なんだそれ、が正直な感想だ。

「どうして、是と答えたんだよ」

「私はね、おまえは死なぬから構わぬと言った。だが、戦地で死体となって帰ってきた」

「そりゃあ、戦地だもんな」

燕飛が思わず突っこめば、青蘭が悲しそうに微笑んだ。

「私は、楊真士の死に疑問を抱いている。そもそも、葬儀に陽気な衣裳で参列できるはずがない。生きて帰る強い意志があったのだ。……張良は楊真士とともに戦った。小飛は、彼の死因を聞いたかい？」

「果敢に敵兵にたちむかい、討死したと聞いたぜ」

「同じだな。楊真士の遺族も立派な最期だったと断言したが、その戦いぶりを言わず、なにかを隠す様子さえあった。私には、陰謀に巻きこまれたとしか思えぬ。どういう死であったのか真実が知りたい」

楊真士は、生きることへの執着が強かったとみえる。

だが、楊真士は軍人だ。戦地で死んだのならば、遺族の言う通り、納得の結果なのではないだろうか。

しかし、青蘭は疑っている。

「それで親友の死と、部下の葬儀がどう関係あるんだい？」

「張良は、楊真士と一緒に敵兵に重傷を負わされ、帰郷してから死んだ。几帳面《きちょうめん》な男らしく、日記を仔細に書いていたらしい」

「楊真士の最期についても、記してあるだろうってわけか」

「ああ、楊真士の遺族は、張良の縁者から遺言を聞いたようでね」

「それなら、真実を教えてと、張良の遺族に聞けばよいだろう？」

「親友の葬儀に異装で現れた私は、死者を冒瀆《ぼうとく》しているとして、参列を許されなかった。以来、まわりに敬遠されて、張家では門前払いを食らった。そうこうしているうちに、張良は死んでしまった」

張良の葬儀に参列した者を、手当たり次第に訪ねたが、相手にしてくれるひとは、ただのひとりもいなかったと青蘭は真顔でつけ加えた。

「服装を変えればいいんじゃないの？」

「楊真士の無念を晴らすまでは、この異装を貫かねばならぬ」

「それなら、楊真士との約束ですって説明すれば？」

「私が馬鹿にされるだけなら構わぬが、世間はくだらない口約束をしたと、親友をも笑うかもしれぬ」

融通のきかない男だなと思ったが、燕飛は「そうなんだ」と受け流した。早く青蘭が知りたい話を教えて、関わりを断ちきりたい。

「張良の葬儀に、変わったところはなかったよ。ただ、息子の死を父親は誇らしげに語っていたけれど、母親は喪失に耐えられないという感じだったな。日記の話は聞かなかった」

「そう、か……」

青蘭は目に見えて落胆した。

大人の男が消沈する姿に、なんだか燕飛は哀れを感じた。

張良の遺族は喪に服しているため、屋敷《やしき》に籠もっている。めったな用件では会えない。ならば、遺族が現れそうな場所で、その機会をじっと待つしかない。

いままで青蘭が親友の死の手がかりを求めて、あらゆる関係者の葬儀に参列していたのは、目のつけ所がよいと感じた。

ひとは身内の喪中であっても、縁者の葬儀には参列するものだ。遺族に直接会えなくても、真実に繋がる細い糸がないとは言えない。

青蘭のように異装では、常に門前払いを食らう。

だが、燕飛ならば哭女として、どんな葬儀にも参列できる。

けれど、青蘭のために動いたところで利益はなさそうだ。黙っていることにした。

「役にたてなくて、なんだか悪いな」

「いや、こちらこそ、遅くにすまなかったね」

吹けば消えそうなほど弱々しく席を立つと、青蘭はのろのろと帰っていった。

門に鍵をかけていると、瑶が慌てた様子で家から駆けてきた。

「お兄ちゃん、あのひとの財布よ！」

瑶が燕飛に革袋を渡した。手のひらに収まる大きさなのに、ずっしりと重たかった。袋を開けると、金貨がぎっしりと入っている。

燕飛と瑶は、あわあわと慌てた。

「お、俺、返してくる」

「ねえ、待って。怖いことに巻きこまれてたり、しないよね？」

色をなくした頬と、悲しみの漂う目尻、眼差《まなざ》しはまっすぐに燕飛を見上げている。

「あるわけないだろ」

断言した途端に、瑶がぎこちない笑みを浮かべた。燕飛が自分の笑顔を好んでいると知っているからだ。

無理に笑わせている。

けれど、その笑顔を失いたくなくて、もう頑張らなくていいのだとは言えない。

燕飛は弱い。しかし、瑶の笑顔があるかぎり、死ぬ気で頑張ろうと思える。邪道なことだってやれる。

誰に笑われたっていい。家族を守っているという誇りによって、燕飛は戦える。強くなれる。

金貨の入った財布を握って、燕飛は青蘭を追った。貧民街を出る道は限られている。

いくつか角を曲がると、足音が聞こえた。

青蘭の色鮮やかな布衣が、月明かりに照らされて輝いていた。

「待ってくれ、忘れ物だぞ！」

呼びかけると、青蘭がくるりとふり返った。

「置いてきたのだ。兄妹《きょうだい》で使ってくれ」

言うなり、青蘭はすぐに歩きだした。

悲しみや怒り、ままならない思いをすべてふり払うかのように、早足だった。

燕飛は舌打ちをして、青蘭を追った。

「同情か。それとも、俺を飼うつもりか？」

燕飛は青蘭を睨みつけながら財布をつきつけた。

「情報料だよ」

青蘭は受け取らない。

恵まれた環境にいる余裕からか、青蘭が優しいからかはわからない。

だが、燕飛は騙《だま》されない。

周りの大人たちは、隙があれば金を奪おうとする。なにかを与えようとするときは、必ず見返りを求めてくる。

裏切られるのは嫌だ。信じていたぶんだけ、悲しみが大きくなる。何度か経験を重ねるうちに、燕飛は期待をしないようになった。

「こんな大金を貰うほどの情報じゃなかったろ」

どんな思惑があるのだと問い詰めると、青蘭は困った顔になった。

「小飛は立派だ。困窮した者は持ち物を売却して、借金をして、行き詰まると犯罪に走るようになる。だが、君は違う。仕事をして、家族をひとりで養っている」

「……それで?」

「君たちを支援させてはくれないか? 望むなら、もっとよい暮らしを送れるようにしよう」

「は? なに言ってんだよ。やっぱり俺を飼うつもりか!」

「いや、違うんだ」

「違わない。うけとらねぇよ。こんな怪しげな金」

「私なら、君たちが安心して暮らしていけるようにしてやれる。これはおごりではなく、本当にそれだけのことをしてやれるのだという文字通りの意味だ。自分が持っているものをどこに使うのが有益かは、私自身が一番わかっている。私は君の先行きを見ていたい」

よい意味で、燕飛の予想は裏切られた。

この男は、奇行の約束を果たすくらい情に厚いのだ。

嘘をつかれているかもしれないが、頼りにすることができたら楽になれるのかもしれない。

いや、それはできない。

燕飛はひとを簡単に信じたりはしない。妹と弟を守ってゆかねばならないのだから。

「そんなら……、俺はこの代金ぶんの働きをするよ。張良の家族か縁者をどこかの葬儀でつかまえて、手がかりを探す。運がよければ、日記について聞き出してやるから」

青蘭が目を見開いて、それから温かな笑みを浮かべた。


鶏の朝一番の声を待って、燕飛は門からそっと顔を覗《のぞ》かせた。

神都はまだ薄暗い。ひとの姿が見えないのを確かめて、燕飛は周旋屋に急いだ。まだ寝ているだろうかと心配しながら裏口にまわり、庭を見ると、体を伸ばしている右聴と目があった。

「相談があるんだ。ちょっと早いが、入ってもいいかい？」

燕飛は門を開けてくれと頼んだ。

「せっかちな子だね。まあ、お入り。だけど、よい話でなけりゃ聞きたくないよ」

燕飛は右聴を伴って店に入ると、卓にある葬儀の案内状を手にとった。

「あるひとが、張良の遺族と話がしたいって言っててさ。家族の誰かが、どこかの葬儀に参列するって聞いてないか？　右聴大人には、神都のあらゆる訃報が届いてるだろ」

「教えてやったら、なにを代わりによこすんだい。情報料は高いよ」

「俺は哭女だろ、だけど文字に弱い右聴大人に手紙を読んでやってる。金なんて請求してこなかったが……これからは、俺がひき受ける前みたいに、誰かに金で頼むかい？」

「小役人の息子が私塾で学んだだけのくせに、仕事にしようってのかい？」

睨みつけられて燕飛は慌てた。右聴と袂《たもと》をわかつ気はないのだ。

「違う違う！　俺には難しい文字は読めないし、商売にするには学が足りねえよ。だけどさ、小遺いくらいはくれてもいいだろ」

　右聴がじろじろと燕飛を眺めた。

　燕飛は鼓動が速くなっていることに気づかれないかと心配しながら、強気を装って右聴とむきあった。

　それなりに名の知れた家は、銭爺ほど露骨ではないが、親類縁者はもとより地域の人々の冠婚葬祭に参列して、世間の評判を得ようとする。

　とはいえ、一ヶ月ほど機会を待たねばならない可能性は、充分にある。張家の誰かが来そうな葬儀に参列できても、直接話せるかはわからないのだ。

　吉凶を占うような気持ちで、燕飛は右聴の言葉を待った。

「本当に、燕飛は運が悪いねえ。親は死ぬわ、家族を養わなければならないわ、みこみがあったってのに科挙の道は閉ざされるわ……。張良の遺族と話がしたいってのは、あんたなんだろ？」

　胸を射られたような衝撃に、思わず叫びそうになった。燕飛はおちつけと己に言い聞かせて、

「是」

　とは言わずに聞き返した。

「なんで俺の運勢が、右聴大人にわかるんだよ」

「ちょうどね、張良の叔父である張偉《ちょうい》が死んだんだよ。病弱な男だったが、とうとうってやつだね。張良に続いての不幸だから、悪霊を払うためにと、盛大な葬儀になりそうだ」

　燕飛は顔をしかめた。右聴の言葉が真実なら時期的に好都合だ。

　しかし、右聴は不運と断言した。

「それって、いつおこなわれるんだ？」

いぶかしみながら問いかけると、右聴がにんまりとひとの悪い笑みを浮かべた。

「今日だよ。ああ、残念だねえ、泪飛には仕事がたっぷり入っているから行けやしないよ。それとも私の手を噛んで、飛びだして行くかい？」

右聴に試されている。

燕飛は肩をすくめて、慎重に答えた。

「俺には、右聴大人の籠を出ていく気はないよ」

燕飛が告げると、右聴が何度も頷いた。

「そうかい、そうかい、物わかりがいい子で助かるよ」

「だからさ、右聴大人、どうか仕事の合間にねじこんでくれよ」

燕飛の気持ちをこめた提案に、右聴が目尻をつりあげた。

「同じ台詞《せりふ》で、銭爺の葬儀にも参列したばかりじゃないか」

「そうだな。もともと無謀な日程だったが、ひとつ増やしても俺はちゃんとやりとげただろ」

「……ああ、なるほど、青蘭のせいだね？」

燕飛は驚きすぎて、一瞬呼吸が止まった。

「どうして知ってんだ」

「やっぱり、銭爺の葬儀なんかに行かせるんじゃなかったね」

「なあ、青蘭は義理堅くて、情に厚いんだ。懐に入りこめれば、うまく利用できる」

思ってもいなかった理由をとっさに告げると、右聴が顔をゆがめた。

「本当にせっかちな子だ。それに、とっても騙されやすい。銭爺の饅頭に感謝をしてるなんて、あんたくらいなもんだってのに。いいかい、義理人情なんて幻だよ。昨日会ったばかりの男と、赤ん坊の頃から見守ってる大家と、どちらを信用するんだい」

俺は誰も信じない、と心は即答した。

だが、口に出せるはずがなかった。

「いずれ泪飛は廃業だ。別の道を見つけなくちゃならないってのは、右聴大人もわかってるだろ。笵浩大兄に無理を言えば、今日も葬儀のひとつくらい組みこめる」

「笵浩と組んで、独立する気はないね?」

「俺が世話になるのは右聴大人だけだ。だから、力を貸しておくれ」

燕飛はじっと右聴を見つめた。

右聴は燕飛をじろじろと眺めてから、煩《うるさ》そうに右耳を掻いた。

「仕事を終えた後なら、化け姿を解く前に、どこにより道しようと知ったこっちゃないよ。それでも、私が寝る前には帰っといで」


燕飛は馬車に体をあずけながら、流れゆく神都の風景を眺めた。

陽の光が弱まるにつれて、道行くひとも少なくなる。

笵浩の背中が、朱色に染まっていた。

天空を見上げる。朱に紫、青に紺、雲と光が混ざりあっていた。

色彩の豊かな空は燕飛の目を癒やしたが、家々からは夕餉《ゆうげ》の匂いが漂ってくる。早く帰りたい、と燕飛は思った。

「今日はこれで最後だな。さっさと切りあげてこいよ」

笵浩に頷いて、燕飛は張偉の邸宅前で馬車を降りた。

張偉の屋敷は、皇族や高官が大勢住んでいる街の一角にあった。

依頼されて来たという態度で、燕飛は執事に来訪を告げた。

燕飛は使用人の案内で、緊張しながらも普段通りに、屋敷の奥にある祭壇にむかった。

燕飛を見ても、誰も驚かなかった。きっと、参列者は、親族が呼んだと思っている。親族は、参列者の誰かが気をきかせて、哭女を用意したのだと納得しているはずだ。

祭壇の前には、顔を白布《はくふ》で覆われた遺体が、天蓋《てんがい》つきの寝台に寝かされていた。親族たちは、側で慟哭している。

親族の背後では、十人ほどの哭女が筵に座って泣き喚いていた。

悲しみが深いほど家の名誉となるため、葬儀によっては数十人もの哭女が雇われる。

燕飛に気づいて、鋭い視線をむけてくる。なにをしに来たと言いたいのだ。突然現れて、神都で評判の哭女となった泪飛には敵が多い。

燕飛は泣くことしかできない哭女たちの視線を無視して、親族席に見覚えのある顔を探した。

張良の母がいた。三十半ばの女性だ。白の喪服に草履を履いて、長い黒髪を簡単に束ねている。

髪は乱れており、青ざめた顔色だ。頬と唇は涙で濡《ぬ》れていた。

悲しみに連続して襲われたのだ、無理もない。

燕飛は静かに近づいて、張良の母に優しさをこめて囁いた。

「お心をお慰めするために、どうかひとつ歌わせてください」

「汨飛が、どうして私のために？」

当然の質問だ。燕飛はこれまでの経験から、この場にふさわしい台詞を絞りだした。

「さるお方から、ご依頼を受けました。けれど、わたくし自身も、貴方様《あなたさま》のために歌いたいと思っております」

「名は明かせぬというわけですね。では、貴女が歌いたいわけは？」

「貴方様が、わたくしの母に似ておられるのです。家族思いの優しいひとでしたが、父のあとを追うように病で亡くなりました。当時は貧しくて、葬儀すらできませんでした。母にできなかった孝行を、させてはいただけないでしょうか？」

母に似ているという話のほかは、すべて真実だ。燕飛は、自分の母になにもできなかった。

自らの台詞に、親不孝の過去が鮮明に蘇《よみがえ》り、後悔に胸が締めつけられた。

「貴女、歳《とし》はおいくつ？」

「十三です」

「そう、私が嫁いだ年齢ね。若いのに、哭女なんて可哀想《かわいそう》に」

哀れな存在だと面とむかって言われるのは、事実と認めたくないだけに辛《つら》い。

だが、いまはこらえて目尻をそっと袖で押さえた。

「どうか、願いをお聞き届けくださいませ」

「ええ、場所を用意させましょう」

張良の母はさっそく執事を呼ぶと、喪主に話を通した。

燕飛は執事の案内で屋敷を出て、張良の母と細い苑路《えんろ》を進んだ。

苑路の脇には灯籠《とうろう》が等間隔に並んでおり、柔らかい光が水園《すいえん》を照らしている。

石橋を渡ると、築山と水亭が姿を現した。

水辺に作られた水亭は、寒いくらいに冷えていた。

張良の母が執事をさがらせる。執事は戸惑ったが、「あの泪飛よ」の言葉にひきさがった。

泪飛の信用を、守ってきたかいがあった。

燕飛は張良の母と、草履を脱いで筵にあがった。

視線が交わる。燕飛は唇を開いた。

「辛い日々だとは気づいていました。けれど、あなたはいつも笑っていたから、私は気づかぬふりをしました。悔やんでおります、悔やんで、おります」

歌いながら張良の母を見つめると、やつれた顔に、母の死の床で見せた瑶の顔が重なった。

動かなくなった母を、瑶はずっと揺すっていた。目を開けて、おいていかないでと、泣きじゃくっていた。なにが起きているかわからない弟は、無邪気に部屋を動きまわっていた。

久しぶりに帰った我が家で、燕飛は立ちつくしていた。

お金の心配はいらないと言った母の言葉をうのみにして、科挙のための勉強にかまけて、私塾に泊まりこんでいた。

母に妹と弟をまかせて、なにも知ろうとせずにいた自分を殴り殺してやりたかった。

悲しみの涙を流すことなど、燕飛には許されていなかった。

なにができるか、なにをすべきか、瑶の涙で濡れた顔を見て、家族を守らなくてはならないと思った。

そして、妹と弟が泣きたいときに、安心して涙を溢《こぼ》せる場所に自分がなるのだと決めた。

「貴女、本当に泣いているのね」

張良の母が、燕飛の頬に指を伸ばした。柔らかい指の腹で撫《な》でられる。いつの間にか、濡れていた。

「あっ……あ、ああ……」

言葉が出なくなった。俯いて嗚咽《おえつ》する燕飛の肩を、張良の母が抱きしめた。

「悔いのないひとなどいないわ。私の息子の葬儀を覚えているかしら」

「死者を惜しみ……涙と親族の温かみに満ちた葬儀でしたから、覚えております。ご子息は……立派な軍人であった、と」

「父親は、立派と言うしかないわよね。でもね、優しい子だったの。上官とは気があったみたいで、絶対に生きて帰ってくると約束してくれた」

燕飛は顔をあげた。

張良の母もまた、涙を流していた。

「だから、母上様との約束を守られて、生きて帰ってらした」

そうね、と頷いてから、張良の母は遠くを見つめた。

「酷《ひど》い槍《やり》傷だったわ。膿《う》んで虫がわいて、腐って……死の直前に、最後の日記を燃やしてくれと、私に頼んだの。もう起きあがれないから代わりにやって、と。でも、私、やらなかったの」

「なぜ、ですか？」

「気弱になっていると思ったの。処分したいなら、元気になって、自分でおやりなさいって言ったのよ。……葬儀が終わってから、息子がなにをそれほど心配していたのか知りたくて、日記を開いたわ」

「もしもいまお持ちなら、見せていただくことはできますでしょうか。無理にとはもうしませぬ。さらに心をこめて歌うために、文字の形から、ご子息の思いを感じとりたいのです」

張良の母が、懐に手を差し入れると、革袋からそっと巻物を取り出した。

青蘭の話していた、日記だ。

本当に、あった。

巻物を開くと、張良の母は紙面を眺めて、ふと我に返ったような顔をしてから、燕飛を見つめた。

「ああ、でも待ってちょうだい。息子にとっては、燃やしてでも守りたい秘密よ。あなたは、もしや字が読めるのかしら？」

燕飛も冷静さをとり戻すと、顔を拭わぬまま切ない顔を作った。

「わたくしは貧しい哭女です。自分の名すら、まともに書けませぬ」

笵浩の馬車を降りて、燕飛は周旋屋で着替えをすると、右聴に仲介料を渡した。情報料こみなので、今日の手取りは半額だ。

だが、泪飛として仕事が軌道に乗るまで借りていた生活費は、もうまもなく完済する。

あとは、毎月の家賃さえ払えばいい。貧民街とはいえ、首都の神都で暮らすには金がいる。

しかも、父母と過ごした家を離れたくないという思いから、身の丈にあわない一軒家に住み続けている。

けれど、あと少ししたら、金を貯めていける。

妹たちに苦労は絶対にさせたくない。だからこそ、燕飛が哭女をできなくなっても暮らしていけるように、将来のたくわえをしておかねばならない。

両親が死ななかったら、燕飛はもっと違う暮らしをしていただろう。

右聴には帰路につくと見せかけて、燕飛は青蘭の家にむかいながら、死について考えた。

この世を去ったひとのために異装をするのも、日記を燃やしてくれと頼むのも、泣きながら歌うのも滑稽だ。

死者は、死者でしかない。葬儀は、遺族の心を慰める部分が大きい。

だからこそ参列する人々の雰囲気で、死者のひととなりがわかる。

なにもかも、神都の夕暮れのようだ。

けして、空そのものが美しいのではない。

東の空は薄墨を塗り込めたように黒く、西には赤紫色が残っている。光の強い星が輝き、闇が濃くなるにつれて、地上の家々も星となって灯り、壮大な銀河ができる。

あらゆる光と闇、色が交わり、神都の天空を彩るのだ。

葬儀もまた、参列者たちが作っている。

けれど、と燕飛は通行人を眺めた。

薄闇のなかをさまざまな人種、服装の者が歩いている。

空が一色で塗られていないように、葬儀にもまた、複雑な思いが混ざりあっている。

そのうちのひとりがどんな思いを抱いているのか、他者が完全に理解することは難しい。

秘められた心は、ひとの数だけあるのだ。

「ごめんな、母さん。俺は、自分のことばかりで、ちっとも家を手伝わなかった。病気が酷くなってることだって、ぜんぜん気づかなかった。どうしようもない息子だったな」

滲《にじ》んだ視界を、燕飛は袖で拭った。

青蘭の屋敷は南市《みなみいち》の近くにあり、大きな塀に囲まれていた。

門番に名と、青蘭に会いたい旨を告げたが、追い払われた。

燕飛は気にしなかった。

いずれ、青蘭から訪ねてくるはずだ。

粘らずに屋敷を離れて、東にある建春門《けんしゅんもん》にむかった。

建春門の城外には庶民の墓地がある。土地と金がなく、墓が建てられない者たちが、まとめて埋められている。

門をくぐろうとしたとき、誰かに肩を叩かれた。

「小飛、すまない。嫌な思いをさせた。次からは、すぐに案内するよう話しておいたから」

青蘭だ。走って来たのか、荒い息を吐いていた。

円錐《えんすい》の帽子をかぶり、前開きの詰め襟がある上衣を着ていた。紺色の絹地に、鳥の柄の刺繡が施されている。褐色の袴には、花模様が織られており、あいかわらず派手で豪奢《ごうしゃ》だ。

だが、好奇の目で見られる行動は、すべて親友を想《おも》う心の表れだと思えば、青蘭のふるまいが哀れで、燕飛は切なくなった。

「蘭大人の推理は半分正しく、半分間違っていたよ。楊真士の死に陰謀なんてない。ただ、公にはできない話だから、心のうちにしまわれていた」

青蘭がびくりと体を震わせて、燕飛の両肩に手を置いた。

「真実を、小飛は聞いたのかい？」

「ひとに知られるべきではないと、俺も思う。だから青蘭の親友ではなく、あるひとりの男の物語と思って聞いてくれ」

「誰にも言わない。小飛と私の秘密だ」

青蘭が断言したので、燕飛は頷くと、城内を流れる伊水《いすい》の橋のたもとにむかった。

ひとの気配がないことを確かめてから、燕飛は張良の日記に書いてあった内容を思い返した。

「蘭大人は、胡人をどう思う？」

「どうとは……私たちと同じ、ひとだろう？」

「そう考えるんだな。まぁ、そっか。異装も平気でしてたもんな」

燕飛は目を細めた。

「楊真士が殺されたのは、敵兵に襲われていた胡人の子供を守ったすえにのことだったんだ。楊真士には、幼い頃、戦に巻きこまれたとき、胡人に命を救われたという過去がある。それを張良は、瀕死《ひんし》の楊真士から聞いた。遺言は、誰も恨まないでくれ、だったそうだよ」

神都にはあらゆる世界から異民族がやってくる。なかでも胡人と呼ばれるひとたちは、時に敵になり、味方になり、漢人と交わりながら暮らしてきた。

望んで神都に来て栄えている者も、戦火に追われたり、奴隷としてやってきたりした者もいる。彼らは漢語を話しても、別の言語を守り、文化を継承して、違う神を祭る。

中華は世界の中心という意味だ。そこでともに暮らしてはいるが、胡人と漢人とは別ものであるという人々の意識と、そこから生まれる身分の差がある。

軍人として国を守るために戦地におもむいたのに、そんな異民族の子供のために敵兵に殺された。なんの役にもたたない死にかただ。遺族は、どうしてそんなことにと思っただろう。恥とさえ感じたかもしれない。だから張良は、頑《かたく》なに口を閉ざしたのだ。

楊真士が子供を守り通したことを、部下は日記で褒《ほ》め称《たた》えていた。

胡人であっても、漢人であっても、同じひとである、と。

確かに、楊真士は死んでもなお、青蘭に異装をさせるほどの魅力がある男だったのだ。

「そうか、ありがとう」

青蘭はぎこちなく笑った。

だが、笑みはすぐにゆがんで壊れ、青蘭は崩れるようにしてその場に座りこんだ。

ぼんやりと遠くを見つめる顔に、燕飛は両親を喪《うしな》ったときの自分を思い出した。

「本当に悲しいときは、涙って出ないもんだよな」

青蘭は体を大きく震わせてから、燕飛を見あげた。疲れた目をしながら、懐に手を入れる。

「小飛に、お礼をしないと」

燕飛は首をふると、青蘭の隣に座った。

「礼なら充分もらったよ。俺はあんたに立派だって言われて、嬉しかったんだ。だから、いまは、一緒にいる」

青蘭はなにかを言おうとしたようだが、瞼を強く閉じると頷いた。

大きな背中が、震えていた。

燕飛は気づかぬふりをして、青蘭が再び立ちあがるまで、ずっとよりそっていた。

鴛鴦の契

仕事はひとつだけだから、明日は遅くおいでと言われた。

誰がいつ死ぬかなど予定のたてられることではない。葬儀の少ない日もあるだろうと頷いたが、いま思えば、そのたった『ひとつ』を怪しむべきだった。

早朝に宮城の南から響く太鼓を聞きながら二度寝をして、妹が用意してくれたあったかい芋粥《いもがゆ》と山菜の煮びたしを、ささやかな幸せとともに嚙みしめている場合ではなかった。

「ほら、さっさと行ってきな」

周旋屋の右聴が、猫でも追いはらうように手をふった。

「でも、誰にだって、苦手なものが……」

薄暗い店内で、十四歳になった燕飛は扉を背にして首をふった。

後ろで長い黒髪をひとつに縛り、細身の体を麻布の白い喪服で包んでいる。

年齢よりも幼く見える顔に、困ったような眉の形は、ひとに哀れを感じさせるはずだ。

瞳を潤ませ、危うい仕事はさせないでと右聴の同情を誘ったが、ふんと鼻で笑われた。

「小さく愛らしい虫たちをどうしてそんなに恐れるんだい。心配せずとも蜂だって、冬のうちは眠るもんさ」

「本当に？」

眠っているなら起こさなければよいだけだ。不安は残るが、ほっとした。

「よけいな心配をするんじゃないよ。それより、あの男はすっかり準備を整えて、外で待っているんだ。今日はとっても寒いってのに、かわいそうとは思わないのかい」

薄情な子だと遠回しに言われて、燕飛はぐっと言葉につまった。

「は、蜂に刺されないとしても、……泪飛の名に傷がつく。それでも、行けと？」

「おまえが長く働ける体なら、また話は違ったさ」

右聴が扉を指差した。

ひとの心をどこかに落としてきたような老婆は、どんな手を使ってでも目的をとげる。周旋屋は右聴の店だ。出て行けとうながされては、従うほかない。

昨日のうちに、ちゃんと内容を聞いておけばよかった。少しでも気をぬくと、こういうはめになる。燕飛は重たい足どりで店を出て、粗末な門を通り抜けた。

史上初の女帝がおさめる神都は、薄墨をたらしたような雲に覆われており、陽光はすっかり遮られていた。

「今日もよろしくお願いいたします。笵浩大兄」

門前に、一台の馬車が停まっていた。

御者席の男に声をかけて乗りこみ、燕飛は座席の膝かけを頭からかぶると体を小さく丸めて、かじかんだ手に息を吹きかけた。

白い吐息が、流れて、消える。

馬車が、民家のつらなる路地を出た。行き先を告げなくても、笵浩はいつも仕事先を、右聴から事前に聞いている。

年末の慌ただしさもあるのか、道幅五十歩ほどある大通りはひとで溢《あふ》れていた。互いに、身をかすめるようにして行きかっている。

「お偉いさんの行列か。永通門から出たいってのに」

笵浩が舌打ちをして、馬車の速度をゆるめた。

燕飛は何事かと不安を覚えて、道の先にある通りを眺めた。

通行人たちが道の端によって、大勢の体で壁を作るかのように並んでいる。公子《こうし》か貴族階級に属する誰かが、従者をたくさん連れてやってくるのだろう。身分が低い者は頭をたれて、貴人の行列が過ぎるのを待たねばならない。

これはいいぞと、燕飛は広い袖に手をかくして、ぐっと拳を握った。

「貴族様が哭女に気づいたら、なにをするかわかりませぬ。わたくしだけでなく大兄まで、蹴られたり、打たれたりしては困ります。約束にまにあわなくなったとしても、しかたのない不運と受けいれます。どうか、むちゃは避けてくださいね」

年齢よりも幼く見える燕飛は、道理のわからぬ子供のふりさえしていれば、少々の失敗なら許される。

だが、死にまつわる仕事をしていると気づかれたら、縁起が悪いと嫌がられる。見た目が幼いからこそ、おとなたちは燕飛をあなどり、報復を恐れず、悪霊でも祓《はら》うように容赦なく追いたてる。

ふたりして動けなくなってはたいへんだ。

燕飛の言葉に、笵浩が口笛を吹いた。

「俺の心配までしてくれるのか、優しい女だな。ちょいと遠回りをするが、心配はいらねえ。ちゃんと送り届けてやる。汨飛の信用は、絶対に傷つけさせねえよ！」

燕飛は内心で「違う」と叫んだ。なにもわかっていない。汨飛の評判を守りたいなら、次の仕事に行くべきではない。まにあわせるなと言っているのだ。

伝わらない。猫や犬なら諦めもつくが、同じ人間だと思うともどかしい。苛立ちを表に出さないようにして、燕飛はたくましい背中にむかって微笑んだ。

「笵浩大兄ほど、神都の道に詳しい御仁はいないでしょう。頼りにしております」

馬車は寒風を切りながら道を迂回《うかい》して、都の南に位置する市場に近づいた。

毛氈《もうせん》の三角帽子に狼《おおかみ》の毛皮をはおった西の商人が、馬車の勢いに気づいてらくだの手綱を引いた。

女帝となった武則天は唐朝を受け継ぐと、首都を長安から神都にうつした。

水運が難しい長安と違って、神都に流れる洛水は黄河と繋がっている。わずか四年ほどで、人と物のあつまる重要拠点に成長した。

武則天の支配地域は天山北部までおよぶ。また、国交地域は東の高麗《こうらい》（高句麗《こうくり》）、西の波斯《はし》（ペルシア）に吐蕃《とばん》と堅昆《けんこん》（キルギス）、南の真臘《しんろう》（クメール）、北の突厥《とっけつ》や契丹《きったん》に靺鞨《まつかつ》と広大だ。朝貢《ちようこう》の使節団を派遣する外国は、七十を超える。

外国使節とは、国書と贈物の交換が行われている。国書には、友好関係維持のためのあいさつなどもあれば、紛争解決のための交渉や相談もある。それによって使節にもたらされるのは、錦や綾などの高級絹織物や金銀工芸品などだ。これらを制作する技術では、どの国よりもまさっている。

毎日、漢人と違う顔つきのひとたちが、たくさん神都を訪れる。

異国の言葉があちこちから聞こえる大通りのむこうに、大きな屋根がいくつも見えた。買い物がしやすく、水陸の交通も便利な市場の周りには、高級官吏や裕福な商人が屋敷を構えている。

燕飛は手入れの行き届いた屋根を横目で眺めて、見覚えのある邸宅を探した。

一本むこうの路地に、青蘭という名の男が住んでいる。

親友を失った悲しみは癒えただろうか。

いつでも遊びに来てくれと誘われていたが、青蘭は行列を従える側の人間で、燕飛は頭をさげて見送る立場だ。身分が違いすぎる。のこのこと顔を見せに行ったら、社交辞令を真に受けたのかとあきれられるだろう。金銭の無心かと思われなどしたら腹がたつ。

ためらっているうちに半年が経《た》ってしまった。もう、忘れられているはずだ。

燕飛の未練をふり払うように、馬車は建春門から神都をとび出した。

遠く、邙山の頂上に、うっすらと雪が積もっている。田畑を抜けて、冬枯れの野原をひた走り、大小の河川を越えた。

北東の方角に、寒林が見えた。

寒林とは場所の呼称であり、胡人に好まれる葬法でもある。葉の落ちた丸裸の木々のむこうには、土作りの基壇《きだん》が設けられていた。死体を基壇に置きさえすれば、あとは鳥や獣によって、自然のなかへと還《かえ》っていく。

自分の体が食べられるところを想像すると、なんだか怖くて、気持ちが悪くなった。死んだら痛みを感じないと聞くが、本当だろうか。

「周旋屋の鬼婆には、怒鳴られずにすみそうだ。これで、ちゃんと弔ってやれるぜ」

鞭《むち》を握った腕をおろして、嬉しそうな笵浩が肩越しに燕飛を一度ふり返った。

貴族の行列に遠回りをさせられたが、どうやら挽回《ばんかい》できたとみえる。

よけいなまねをと思った。体の具合が悪くなったと言ったら、いまからでもひき返せるかもしれない。

燕飛は自分の考えに首をふった。仕事も果たさず戻ったら、周旋屋に叱られる。使えないやつだと見放されて、仕事を切られたら食べていけなくなる。

笵浩に協力して欲しいと頼んでみようか。道が壊れていたとか、盗賊に襲われたとか、口裏をあわせてもらえたら、周旋屋も納得するだろう。

「あの、笵浩大兄に、ご相談が……」

「鴛鴦夫婦《おしどりふうふ》って評判は聞いてたが、まさか死までともにするなんてなあ！」

迷いながらの呼びかけは、笵浩の軽口に押し潰された。

目の前が暗くなった。笵浩は噂好きだ。弱いところを知られたら、言いふらされるかもしれない。

頼るべき相手ではない。それに、助けを求めれば借りになる。積もり積もれば、笵浩に逆らえなくなる。

「……わたくしも、まさか鴛鴦夫婦のご葬儀で慟哭するとは思っておりませんでした」

鴛鴦夫婦の話は周旋屋から詳しく聞いている。『鴛鴦の契』という言葉があるように、いつも一緒で仲睦《むつ》まじいところが、鴛鴦のつがいと似ていると評判だった。

夫婦が有名だからこそ、誰が葬儀の仕事を受けたか噂はすぐに広まる。ある程度の腕があり、哭女を副業ではなく本業としている者なら、鴛鴦夫婦に関わっては評判に傷がつくと避けるはずだ。

「なるほど、だから浮かない顔をしていたのか。泪飛はどんな葬儀でも、金さえ払えば慟哭するってのが売りだろう。せっかくまにあわせてやるんだ、このまま行くぞ。俺と夫婦になって、一緒に葬儀屋をやるようになっても、仕事は選ばねぇつもりだからな」

「何度も言っておりますが、結婚などは考えられませぬ。引き抜きの話も、右聴大人に話を通してくださるのなら考えますが、そうでなければお断りです」

笵浩が低い声で呻き、黙りこんだ。

鴛鴦夫婦の葬儀に行けば、必ず世間の反感を買う。ただでさえ、泪飛は仕事を選ばない哭女だと思われている。燕飛が哭女を長く続けられるなら、右聴だってひき受けなかった。

御者の経験しかない笵浩は、考えが甘い。

「ねえ、笵浩大兄。三日のうちにふたりとも……なんて、妙な話だと思いませんか？」

「妙って、なにがだ？　死んだ理由は役人がきっちり調べたろ。屋敷も、ふたりの体にも、どこも異変はなかった。怪我《けが》はおろか、毒虫に嚙まれたり刺されたり、危うい物を飲んだってわけでもなかったらしいぞ」

「住みこみの召使が休みをもらって屋敷を離れていたあいだに死ぬなんて、偶然すぎやしませんか。なんだか、怖くてたまりませぬ」

「そりゃあ、よくあることだとは言わねえよ。だけど、王様と忠臣、義兄弟の契を結んだやつらにも、そういう奇跡がまれにあるって聞いてるぞ。結びつきが強いふたりは、どちらかが死ぬと残りも生きる気力を失って、あとを追うようにして亡くなるってな」

もう、いい。どれだけ言葉をつくしても、お互いの考えは変わらない。言い争いにならないうちに、会話を止めるべきだ。

燕飛は言いたい思いを吞みこんだが、笵浩はなおも話を続けた。

「なんにせよ、役人は調べ終えたんだ。絆《きずな》は本物だったわけさ。ともに官職を辞したあとも、虫たちを我が子のように育てながら余生をまっとうした。死さえも、鴛鴦夫婦をわかつことはできなかった。俺だっておまえに選んでもらえたら、それぐらい愛しぬいてやるぜ」

笵浩は諦めるという言葉を知らないのだろうか。望まぬ好意を押しつけられると、息苦しくなる。美しかった母に似ていることを、少しだけ嫌だなと思う。

考えられる限りの断り文句は、すっかり使いきっている。燕飛はなんだか疲れてきて、「そうですか」とだけ言うと、ぼんやりと風景を眺めた。

ぽつりぽつりと家々が立ち並んでいた。田園の畦道《あぜみち》はゆるやかな坂となり、馬車は小高い丘にむかっている。竹林のあいだをしばらくゆくと、土塀にかこまれた屋敷が現れた。

夫婦はともに神都で宮仕えをしていたが、老齢を理由に職を辞した。こつこつと貯めた給金で、郊外に慎《つつ》ましやかな家を建てると、慣れ親しんだ従者をひとりつれて移り住んだ。

人生の最後は綺麗《きれい》な景色に囲まれて、穏やかにすごしたいと考えたのだろう。

屋敷の正門は大きく開かれていた。いくつか馬車が並んでいる。すでに、弔問客が何人か来ているのだ。

燕飛は膝かけを笵浩に手渡して、馬車をおりた。地面を踏んだ瞬間に、寒風に首筋を撫でられた。目が粗く薄い衣服では、裸と変わらない。我が身を抱きしめたくなったが、我慢する。顔は上気させるよりも、青い色をしていたほうが悲しみの心が伝わりやすい。

正門には、ひとりの男が喪服姿で立っていた。老舗《しにせ》の葬儀屋で働いている中年の男だ。痩せているが、貧相ではない風貌が好まれて、弔問客の案内役を任されており、いろいろな屋敷の門前で顔をあわせる。

鴛鴦夫婦の召使はひとりきりだそうだから、人手がたりていないのだろう。

男と視線があうと、用件を告げなくても通された。泪飛が哭女を始めたのは二年ほど前からだ。いまではすっかり、葬儀関係者に知られた存在となっている。葬儀の場では、会話は慎むべきだとされている。死者を悼む沈痛な雰囲気を、壊すようなまねは許されない。

燕飛は神妙な面持ちで、邸内に足を踏みいれた。

池のある庭園が広がっていた。砂利を敷いた小道が、柔らかな弧を描くように家屋に続いている。

庭の花は見頃を終えて、木々はすっかり葉を落としていた。白水仙の蕾《つぼみ》が膨らみ、梅と椿《つばき》が植えられている。春がきたら色とりどりの花が咲きほこり、美しい光景が広がるだろう。

「もう、見るひとは、いないのに」

屋敷は誰かが買いとるか、空き家となったまま捨ておかれる。家も庭も、世話をしなくなると、すぐに荒れる。

なんだか虚《むな》しい。いずれ失われる物ならば、初めから手にしないほうが悲しまずにすむのかもしれない。思いをめぐらせながら歩いていると、視界の端でなにかが動いた。

一匹の蜂だ。燕飛は「ひっ」と飛びあがった。

蜂はまるい池のうえを力なく飛んで、庭の奥にある木造の小屋に消えていった。

「やっぱり騙された。冬だって、眠ったりなんてしないんだ！」

燕飛は足音をおさえながら、玄関に急いだ。右聴のしたり顔が脳裏に浮かんで、さらに怒りが勢いを増した。

ひとの趣味をどうこう言いたくはないが、なぜ虫など飼おうと思えるのだろう。とくに蜂など、害しかない。あの形と色と針が恐ろしい。刺されて、痛いだけなら耐えもするが、死ぬこともあると聞いている。

背後を気にしながら、燕飛は玄関扉を叩いた。

焦《じ》れながら待っていると、二十代前半の青年が現れた。髪と瞳は黒く、左目の下にほくろがある漢人だ。顔に覚えがないが、葬儀でじろじろとひとの顔を見つめるのは失礼にあたる。

葬儀屋の人間に違いない。

燕飛はすぐに拝礼をして、慣れた口上を告げた。

「泪飛と申します。どうか、喪主を務めておられるかたに、哭女が参りましたとお伝えください」

青年はじっと燕飛を見つめた。観察するような、無遠慮な視線だ。

燕飛は気にしなかった。神都で評判の哭女と知ると、興味の視線をむけてくる者は多い。

「胡人ではないな?」

「……ええ、はい」

なぜそのようなことを聞くのだろうと思ったが、青年は満足そうに頷いて語り始めた。

「想像していたより愛らしくて驚いたよ。目鼻立ちが整っていて、物憂げなところが魅惑的だな。哭女は遺族の心によりそって悲しむのが仕事だから、もっと生気のない女が来ると思っていた」

よく話す青年だ。葬儀屋に勤めて日が浅いのだろうか。葬儀の作法が身についていない。

「このような姿をしておりますが、きちんと務めは果たします。どうか、通してくださいませ」

遠回しに会話を終えようとすると、青年が首をかしげてから納得顔になった。

「喪主は、息子の僕だよ」

燕飛は息をつめた。鴛鴦夫婦には子供ができないと思っていた。

「……そうでしたか。失礼をいたしました」

右聴は仕事の下調べをきっちりする性格だ。なぜ子供がいると話してくれなかったのだろう。どういうことかと疑問は覚えるが、燕飛とて場数を踏んでいる。仕事をするだけのことだ。礼金が支払われ、ぶじに哭女の仕事を終えられるのなら、目の前の男が何者であるかなど燕飛にとって重要ではない。

「信じられないよね。顔が、そう言ってるよ」

「いいえ、そういうわけではないのですが……。喪主は、ご夫婦に縁の深い御仁がされるとしか、聞いておりませんでしたので」

感情を、顔に出したつもりはなかった。敏《さと》い青年なのだろう。お許しくださいと拝礼をしてみせると、青年が諦めの色をにじませて、うっすらと微笑んだ。

「養子だよ。僕は貧しい家の生まれだけど、頭がよくてね。養父母の援助で先生について、長安で勉強をさせてもらっていた。科挙に合格して官吏になったら、孝行をするはずだったんだけど……。だから、葬儀はちゃんとやりたくてね。哭女には、泪飛をお願いしたというわけだ」

息子は説明に慣れているのか、簡潔に身上を説明すると、燕飛を正堂に案内した。

恩は受けたものの、それほど情があるというわけではないのか。

どこかひとごとのような態度は喪主としてふさわしくないが、葬儀を投げだして逃げたりはしなかった。ひとの心はあるようだと思いながら、燕飛は正堂の祭壇を眺めた。

小さな壺《つぼ》と果実や酒が、作法どおり供えられている。

祭壇のむこうに、帳《とばり》のおりた寝台が置かれていた。

「おふたりとも、あんなにお元気だったのに……どうか、目を覚ましてください。わたしを、残してゆかないでくださいませ……」

ふくよかな中年の女性が、寝台にすがって嘆いていた。聞く者も悲しくなるような泣き声だ。

女性の左右にも、数名の男女が座っている。誰もが涙を流して、床に伏したり、袖で顔を覆ったりしていた。夫婦の昔からの知りあいばかりとみえて、参列者の年齢は高い。とりすがっている女性が、長く仕えていた召使なのだろう。

「夫を亡くして路頭に迷ったわたしを、おふたりは救ってくださいました……。まだ、ご恩をお返しできておりませぬ。もっと、もっと、長くお仕えしてゆきたかったのに」

広間に、悲痛な声が響く。哭女など必要なかったのではないかと思えてくるほどだ。

室内を見回すが、同業の女たちは誰もいない。参列者も少なかった。広間の椅子に座っている者はおらず、死者を弔うとすぐに屋敷を去っていく。

わけは、考えるまでもない。妻が宮女、夫が宦官《かんがん》であるからだ。

ふたりは後宮で出会い、恋をして、夫婦となったが、戸籍では認められていない。宦官は男ではなく、人間ですらないとみなされる。どれだけ人徳があり、栄華を極めても、肉体の一部を切ってまで官職を求めた卑しい獣とされる。

関わりを持てば同類と思われる。弔問客は世間体を守ろうとして急いで帰るのだ。

汨飛の評判も下がるだろうなと悔しく思いながら、燕飛は泣き顔を作って寝台に近寄った。

死に装束の老人が、並んで横たわっていた。

ふたりは顔つきまでよく似ていた。丸くて笑い皺《じわ》のある、いい顔だ。まるで、気持ちよさそうに眠っているように見える。

ほのかに酢の香りがした。葬儀屋によって遺体は清められ、すでに表情修復を受けたのだ。

寝台の奥の壁に、水墨画があった。鴛鴦夫婦が庭を散歩するところが描かれていた。

慈愛に満ちた視線は互いにむけられ、見る者の心を温かくするような微笑みを浮かべている。

肩が触れる距離で、楽しそうになにかを話しながら歩いていた。

仲睦まじいふたりの表情は、画家による創作ではないはずだ。どれだけ修復師が整えても、生きかたは顔に刻まれている。隠しきれるものではない。

「別の日に生まれても、同じ日に死んだ」

声に気づいて、寝台にすがるひとたちが燕飛をふり返った。涙に濡れて、皺くちゃな顔だ。鴛鴦夫婦の人柄が知れた。

生きるために、非道な手段を選ばねばならないときがある。

宦官は、進んでなりたいと思えるものではない。宮刑《きゅうけい》という刑罰にもなっているほどだ。境遇ゆえに強制されたのか、自ら選んだのかわからないが、どうしようもない理由があったに違いない。

辛い気持ちも、世間の冷ややかな目も、燕飛には理解できた。哭女もまた、世間から忌まわしい仕事だとひとに距離をおかれる。

誰に嘲笑されても互いを選んだふたりを、羨ましいほどに美しいと感じた。

物語でしかないような関係が、本当にあるとは思わなかった。

最後まで、ふたりは想いあっていた。本当の鴛鴦夫婦だったのだ。

燕飛は胸を押さえると、夫婦のために心をこめて言葉を紡いだ。

「ふたりの契は、どんな星よりも眩《まぶ》しく輝いております。人々は天を仰ぐように、夫婦の愛を敬うでしょう。きっと、きっと、いつまでも……」

死後の世界があるのなら、永遠に幸せであって欲しい。

弔いに集まった人々の悲しみを感じながら、燕飛は袖で目尻を拭って、歌い続けた。

いつか鴛鴦の契のように、誰かを特別に愛して、愛される日が来るのだろうか。

答えの出ない問いを考えながら、燕飛は右聴に別れを告げた。

「それじゃあ、また明日」

布衣の懐に、今日の稼ぎをおさめる。これで温かい菓子でもたっぷり買って帰ろうか。借金はなくなり、生活するための金は日々の稼ぎで賄えるようになった。たまには贅沢《ぜいたく》をさせてやろうか。

いや、貯めておかねばならない。燕飛は黒染めの外套《がいとう》をはおった。将来のためもあるし、阿雲に綿入りの羽織《はおり》を仕立ててやりたいのだった。

燕飛は外套の首の後ろにある頭巾を深くかぶって、周旋屋の裏口から顔を覗かせる。ひとの姿がなくなるのを待ってから、街路に出た。

雲の色が濃くなっている。もう正午過ぎだというのに陽射《ひざ》しが弱くて、歯の根があわないほど寒かった。仕事着とはいえ、朝から質素な喪服でいたから、体の芯まで冷えきっている。

燕飛は早く帰ろうと、瓦屋根と灰色の壁の家が続く街路を抜けて、貧民街に繫がる太鼓橋にむかった。

銀色に光る水面を見て、心の内に寒風が吹いた。父親を呑みこんだ川だ。

小役人だった父親は、治水工事中に亡くなった。神都は水に恵まれており、いまは穏やかそうに流れているが、ときおり思い出したようにして暴れる。

もしも父親が死なず、後を追うように母親も病気でこの世を去らなければ、勉強を続けられた。鴛鴦夫婦の養子ほど特別に頭がいいわけではないが、父母は我が子に官吏となり、家名をあげるよう望んでいたし、燕飛も期待に応えたいと思っていた。

科挙に合格を果たせば、中央政府の官吏となれた。

だが、燕飛は哭女になった。死に携わる縁起の悪い仕事だ。

もうすぐ、一年が終わる。

泪飛にもいずれ終わりがくる。哭女としてどれだけ名声を高めても、廃業しなければならないのだ。

「怖い。……違う、怖くなんてない」

燕飛の未来は暗くとも、進むしかないのだと瞼を閉じる。

考えることをやめて、誰かにすべてを委ねられたら、きっと楽になれる。

だが、そうしたらどうなるか燕飛はわかっている。

ひとときだって油断はできない。誰にも頼らず、ひとりでやっていく。そう決めているが、先の見えない不安に潰されそうになると、親身になってくれる誰かと話をしたくなる。どう生きるべきなのか、考えるための助けが欲しくなる。

もう一度ぎゅっと瞼を閉じると、ふと青蘭の笑顔が浮かびあがった。彼は楊真士の一件のあと、「いつでも会おう」と言ってくれた。真に受けたわけじゃないが、確かにうれしくはあった。

親友との約束を果たすために奇行までした男だ。きっと親友は、明るい太陽みたいなひとだったんだろう。親友の話をするときの青蘭の顔を思い出し、燕飛は顔をしかめた。

自分を見てみろ。太陽？　冗談じゃない。寒い日陰の道を歩いているじゃないか。

会いになんていけるものか。

薄汚れた塀の続く路地にさしかかると、石造りの塀のむこうに自宅の屋根が見えた。ほっと息をついて、燕飛は駆けだした。我が家が見えると、右聴に無理をさせられたという不満も水に流せる。

大家である右聴のはからいで、父母の亡きあとも家を失わずにすんでいる。家賃と仕事の仲介料という名目でかなり差し引かれているが、哭女の仕事をまわしてくれる。

見知らぬ親類縁者がやってきて、遺産を奪っていったとき、ついでに妹と弟は売られそうになった。そんなやつらを右聴が『あんたらにそんな権利はないよ』と追い払ってくれた。

燕飛だけでは、力も知恵も足りなかった。

右聴なら、燕飛からすべてを奪えただろう。

しかし、幼い頃から知っているという理由で、『泪飛』で儲けるほうを選んでくれた。

腹がたつときもあるけれど、恩人だ。

自分に言い聞かせながら玄関を開けると、足音が聞こえてきた。

「おかえりなさい、お兄ちゃん。言ってたとおり、今日は早いのね！」

十一歳になった妹の瑶が、朗らかな笑顔で燕飛を出迎えた。

艶やかな髪を束ねて、お団子のように丸くふたつにまとめ、ささやかな飾りをつけている。肌には瑞々しさがあり、瞳は大きく、額はとても形がよい。

可憐なだけでなく賢い妹は、いずれ母親のように評判の美女に成長するだろう。

燕飛を見上げる瞳は喜びに輝いていた。まじりけのない親愛の情だ。この笑顔は絶対に曇らせない。亡き父母の代わりに、燕飛が守っていくのだ。

「ただいま。せっかく早く帰ったのだから、なにをしようか。阿雲とも遊んでやらないと」

「ふふ、家のことを気にしてくれてるの？　でも、お兄ちゃんに、お客さんがいらしてるよ」

「えっ？」

父母が死んでから訪ねてくる者など、悪人のほかにはめったにいない。

泪飛の秘密を知られないように、燕飛は地元の友達とも、かつての勉強仲間とも距離をおいた。

「珍しいな。誰だって？」

「蘭大人と、ご友人だそうよ」

血の気が引いた。瑶を睨みかけたが、なにも知らないのだから責められないと拳を握った。急いで居間に近づき、そっと扉をあける。

青蘭ともうひとり知らない男がいた。二十代後半だろう。喉元まで詰まった深緑の上衣を着ている。上衣の丸襟を紐《ひも》のとめ具で結び、膝丈までしかない裾の下に、白の袴をはいていた。

もとは胡人の服装だが、動きやすさが好まれて、漢人むけに改良されたものが官吏の制服にもなっている。居間にいる男も、官職にあずかる男なのだろうか。円卓に座る青蘭の隣で、燕飛の弟と遊んでいる。鍛えられた腕で幼子をひょいと持ちあげて、「高い、高い」とやっていた。

燕飛ではしてやれない体を大きく使った遊びに、弟の阿雲がはしゃいでいる。

弟を離せと言いたいのに、目の前の光景が衝撃的すぎて言葉が出てこなかった。

ふと、青蘭が扉をふり返った。燕飛に気づいて立ちあがる。

これは誰だ、と燕飛は思った。

青蘭は左右の耳からうえの後ろ髪を、上半分だけまとめて絹の布で包み、残りは背中まで垂らしていた。朱と白の衣を重ねたうえに薄黄に染めた綿の長衣《ちょうい》を着て、藍色の帯をつけている。長衣の袖と足首まである裾が、品のよい動きにあわせてゆるりと揺れる。

漢民族の伝統的な装いは、優雅な雰囲気の青蘭によく似合っており、貧民街の小さな家にはひどく場違いだった。

前に会ったとき、青蘭は死んだ友人との約束を守り、異様ないでたちをしていた。異装をやめただけで、青蘭に違いない。

頭ではわかっているのに、まったく知らないひとみたいだ。

「どうして……」

「ああ、小飛。元気にしていたかい？」

青蘭が温かな微笑みを浮かべて、燕飛に近づいてくる。

見知らぬ男も燕飛に気づいた。阿雲を肩に乗せたまま、朗らかさを消し去った。

「おまえが燕飛か。普段は女の格好をしてるって聞いていたから、どんな男かと思っていたが、なるほどねえ」

燕飛は怒りのあまり奥歯を噛んだ。見知らぬ男の言うとおり、燕飛は女のふりをして仕事をしているが、それは隠していることだ。

性別を世間に知られたら廃業するしかなくなる。まだ幼いと足下を見られる年齢で、妹たちを養えるほど稼げる仕事に新たにつけるとは思えない。

秘密をばらした相手など考えなくともすぐにわかる。燕飛が汨飛であると知る者は、右聴のほかに青蘭しかいない。

裏切られたような気持ちになったが、ひとの口に戸は立てられない。しかたがないことだと思いなおした。言わないでくれと約束したわけでもない。

青蘭にとって、燕飛が軽い存在であるというだけだ。

だから、他人に秘密を話されてしまう。

「あんたは誰だ？」

燕飛は見知らぬ男に問いかけてから、青蘭を睨んだ。

たとえ男が答えなくとも、青蘭から納得のいく説明を聞こう。

「俺は、黄偉《こうい》だ。おまえの力を借りたい。母親に死なれたせいで笑わなくなった少年がいる。その心を癒やして欲しくてな。『都で一番の哭女』と名高い泪飛は、死者をたたえる言葉ならなんでも考えられるのだろう？　そんなおまえなら、慰めの言葉もたやすいだろう」

「帰ってくれ」

哭女としての燕飛を、利用しようとしたわけか。

「そう言わず、話を聞いてやってくれないか？」

青蘭の言葉に、燕飛は首をふった。

「偉大人が言ったとおり、俺は人気の哭女だ。手駒として都合よく使われてやるほど暇じゃないんだよ」

「そんなら、ひきさがるしかねえな」

黄偉は阿雲を床におろすと、冬の乾燥で赤くなった頬を「いい子でな」と撫でた。

青蘭に目配せをしてから、燕飛の傍らを通りぬけざまに、

「断るなら、汨飛の正体を世間にばらすぞ。……なんてな」

と笑った。

低い声の脅し文句に、燕飛は息を呑んだ。

「安心してくれ。そのようなまねは絶対にさせぬから」

すぐに青蘭が黄偉を押しのけて、燕飛に請けあった。

青蘭は断言したが、信用はできない。常に黄偉にはりついて、動きを監視できるというわけではないはずだ。

黄偉がやると決めたら、哭女の汨飛が男だと世間に知られるだろう。

「神都の平和を守るためだ。瑶や阿雲が、危険にさらされてもいいのか？　それになあ、本当はおまえなんて、有無を言わさず従わせられるんだぞ。まずは話を聞いてから、依頼を受けるかどうか決めたらどうだ？」

黄偉の提案に、素直に頷きたくない。

固まった燕飛を、黄偉がちらりと見てから、青蘭に視線をむけた。

「おまえからも、どうしてわざわざ俺たちが来たのか、わけを説明してやれよ」

黄偉に背を押されて、青蘭が困った顔をしながら、燕飛と視線の高さをあわせた。

「ずっと、小飛のことを気にしていたよ」

「俺は、忘れてた」

忘れようとしていたという言葉が浮かんだが、心のなかで潰した。

期待なんて、一度だってしなかった。青蘭に、二度と会えなくたってよかった。

「もっと早く、ここに来てもよかったのかい？　だが、私が来ると目立つだろう。噂になったら、小飛が困ると思って控えていたんだ」

「ふぅん、そうなんだ」

「そうなんだよ。君が顔を見せてくれないから、こうして理由を作って来てしまった」

口先だけならなんとでも言えるさと腹のなかで思ったが、悪い気はしなかった。それに、誰かは、必ず見ている。燕飛の家に、身分の高い青蘭が通えば、間違いなく近所の噂になる。そこから、泪飛の正体が、燕飛だと発覚するかもしれない。目立つようなまねは避けるべきだ。青蘭の配慮はありがたかったが、燕飛のためを思っての行動なら、どうしていまになって黄偉なんて嫌なやつをつれてきたのだろう。

「阿雲、瑶のところに行ってろ。俺は、このひとたちと話をするから」

不安げに見ていた阿雲を部屋から出して、燕飛は改めてふたりとむきあった。

「少年は母親を失って、心を閉ざしてしまった。父親はなんとしてでも笑顔をとり戻してやりたいと芸人一座を呼んだりして色々と試しているようだが、いっこうに効果がない。それで、ひとの悲しみによりそってきた小飛なら、と」

燕飛は、優しい微笑みを浮かべながら話す青蘭をじっと見つめた。

青蘭は燕飛を覚えていて、頼って来たのだ。心が、少し動いた。

「俺に汨飛の姿で、少年を慰めろってことか」

「哭女として会いに行くと、母親の死をかえって思い出させてしまうかもしれない。どうか、小飛のままで、哀れな少年を助けてやってくれないか？」

澄んだ瞳をしている。本心からの言葉に思えた。青蘭に、期待されている。

燕飛はふらふらと頷きかけたが、黄偉の大きな手が肩を叩くように置かれて、我に返った。

「葬儀にかかわる哭女では、門前払いを食らうかもしれねえからな」

「そっちが本音か。哭女は縁起が悪いって、たいてい嫌がられるからな」

「今回は芸人として、息子を笑わせるんだ。そうすりゃ金が貰えるぞ。うまくやれば、おまえにも利益がある話だろ」

どうだと迫る黄偉に、心が冷えた。燕飛の家庭環境も懐具合も、すっかり把握されている。望まぬ相手に弱みを握られるのは、虫唾《むしず》がはしるほど気持ちが悪い。

餌を見せれば、飛びついてくるとでも思っているのか。

哭女ほどではないが、世間では芸人も身分の低い者だとみなされる。だが、哭女だろうが芸人だろうが、他人を泣かせたり笑わせたりするのは、口で言うほど簡単なことではない。

「金が絡んでくるんなら、蘭大人と違ってあんたの目的は、ただ少年を笑わせるだけじゃないんだろ？」

青蘭の性格を考えれば、心を閉ざした子供に、笑顔をとり戻してやりたいと思っても不思議ではない。

しかし、黄偉の横柄な態度を見ると、善意とは別のところに目的があるような気がしてくる。そもそも、このふたりが『友人』というなら、黄偉みたいな男と親しい青蘭のことも信じられなくなる。

「おまえの言うとおりだ。俺の目的は別にある。息子から聞きたい話があるんだよ。ある事件の、たったひとりの目撃者なんでな」

「事件だって？」

好奇心から問い返すと、黄偉がにやりと笑った。

まるで、燕飛の反応を待っていたかのような、腹のたつ表情だ。

「少年の母親は、名を賢淑《けんしゅく》という。ある日、実家から帰ってくるなり、ぽっくり死んだ。もともと、体が弱かったらしいから、冬の寒さで心臓がびっくりして止まっちまったという結論になった。ただ、同じ日に、親族がもうひとり死んでいるんだ」

「それって、もしかして、賢淑が訪れていた実家の誰かが？」

燕飛の言葉に、黄偉の眼光が鋭くなった。獲物を前にした、野獣のような獰猛《どうもう》さがあった。

「賢淑の父親だ。ふたりそろって、ほぼ同じ時刻に死んだのだ。賢淑の一族は、大唐帝国に永く仕えており、父親は先帝に信頼されていた高級官吏だった。旧臣の有力者が亡くなったのだから、なにか陰謀があったと疑うのが自然だろう？」

先帝とは、高宗だ。唐朝の第三代皇帝であり、武則天の夫でもあった人物だが、十年ほど前に眼病を患って亡くなった。

首都を長安から神都に移したわけのひとつに、唐朝の頃から仕える旧《ふる》くからの家臣の存在がある。

武則天は政治の新体制を整えるさいに、『女帝』を快く思わない旧臣を遠ざけようとしたのだ。

科挙を志す官吏志望者ならば、誰でも知っている話だ。

「賢淑とその父親が、悪意のある者に殺されたと疑ってるわけか」

「ほとんど同じくして死んだんだぞ。ふたりは毒のような物を摂取したはずだ。だが、その日ふたりがとった食事をすべて調べたが、毒が混ぜてあった形跡はなかった。調理人や従者たちにも、不審な点はなかった。そもそも食事は、ほかの同居の家族も一緒に食べているんだ」

まるで鴛鴦夫婦の死にざまのようだ。

黄偉が違和感を覚えたわけが、燕飛にはすっと受け入れられた。

「そっか、それなら、人知れずふたりだけが口にした物に、毒が含まれていた……」

燕飛の呟きを聞き逃さず、黄偉が腕を組みながら大きく頷いた。

「賢淑の父親は誰にもみとられることなく、寝台で静かに亡くなっているところを発見された。賢淑については、調子が悪くなる様子を家族が見ているが、最後に話をした息子は悲しみのあまり口をぴったり閉ざしちまっている。賢淑がなにか言ってなかったか、不審な点はなかったか、息子の心をときほぐして聞きだしてほしい」

最後の口調には誠意が感じられた。行き詰まっているからこそ、黄偉は燕飛のような相手を頼る気持ちになったに違いない。

青蘭を見つめると、ひとつ頷かれた。心を閉ざした少年を、燕飛ならば救えると信じているような瞳だ。

少年の心を開かせて事件の真相を聞き出せたら、ふたりの命を奪った悪人を捕らえられるかもしれない。神都が平和になれば、燕飛の家族も危ない目にあわずにすむ。報酬も得られるなら、やってみようか。

「協力するとして、時間はどれくらいとられる？」

「長くなるかもしれんな」

黄偉が視線を左右に動かしながら答えたので、燕飛はきゅっと眉をよせた。

「そんな曖昧な言いかたは困る。仕事に穴はあけられないんだ」

「泪飛の正体を、世間に知られることになっても、か？」

悪いおとなの顔をして黄偉が迫ったが、どこか逃げ道を感じさせる、冗談めいた物言いだ。

燕飛は肩をすくめて、わざと視線を落とした。

「それも嫌だけど、あんたに従って泪飛の秘密を守っても、哭女の仕事を投げたと周旋屋に思われたら食っていけなくなっちまう。でも、筋さえ通してくれたら、俺は逆らわずについてくよ」

「なにをすればいいんだ」

「周旋屋の右聴と話をつけてくれ。黙って休んだら機嫌をそこねちまうからさ」

泪飛の仕事は明日も入っている。右聴は、仕事を休むなど絶対に許さないだろう。

燕飛には、右聴を説得する自信がない。周旋屋と交渉するのは面倒だろうから、手間はかけたくないとしりぞけられたら、それまでだ。

「そんなら行くとするか。その右聴ってのは、どこにいるんだ？」

黄偉はさっさと部屋を出て行こうとした。

燕飛は慌てて追いかけた。試したわけではなかったが、黄偉は行き詰まって投げやりな気持ちで燕飛の前に現れたのではないのだ。

燕飛は哭女を男の身でやっている。そもそも哭女という仕事は、ひとから縁起が悪いと嫌われている。それを、性別を偽ってまでやっているのだ。罰当たりで、卑しいやつだと軽蔑されてもふしぎではない。燕飛の今後など知らぬと、黄偉に言われてもおかしくない。

だが、黄偉は燕飛の話を真面目に聞いた。黙って従えと命じたりしなかった。

それなりに、期待をしているとみえる。

「瑶、出かけてくるよ。もしかしたら、何日か帰れないかもしれない。戸締まりに気をつけてな。知らないひとは家に入れるんじゃないぞ？」

気をひき締めながら瑶に告げると、丸い瞳に悲しみの色が滲んだ。

そうだ、今日は珍しく早く帰って来られたから、妹と弟とすごそうと思っていたのだった。

瑶も燕飛と過ごせるのを、心待ちにしていたのだろう。どう声をかけるべきか、燕飛は迷った。

「お兄ちゃんも、危ないことはしないでね」

いたわるような微笑みを瑶が浮かべた。

瑶は、わかってくれている。ほっとして、燕飛は外套の頭巾をかぶると、黄偉に続いて家を出た。

周旋屋まで案内しようとしたが、黄偉に「ちょっと待て」と首をふられた。

黄偉の視線は燕飛を越えて、背後の青蘭にむけられていた。

「おまえとはここでお別れだぞ。どうして？　って顔をするんじゃねえよ。ひとさまの葬儀でやらかした無礼の数々を、世間はそう簡単に忘れたりしねえんだ。おまえがいたら、俺たちも一緒に追い払われちまうかもしれねえだろ」

青蘭をふり返ると、笑顔のままで固まっていた。友好的な異国人に、聞き慣れない言葉で話しかけられたときのような表情だ。

燕飛は、以前の青蘭の奇抜な服装を思い浮かべた。

葬儀の場に派手な胡服を着て来るなんて、ずいぶんとひとに嫌われただろう。いまさら服装を改めたところで、ほとぼりは冷めていないはずだ。

危なっかしいところがあるひとだな。

青蘭に首をふると、燕飛の肩に黄偉が手をおいた。

「ほら、燕飛も俺と同じ意見だぞ。おとなしく家に戻って、報告を待っていろ」

黄偉の指示に「わかったよ」と青蘭は頷いたが、歩き出そうとした燕飛の外套を摑んだ。

振りほどけばすぐに外れてしまうくらいの弱さだったから、燕飛は立ち止まった。

「友人を失った悲しみは、まだ心に残っているけれど、小飛と死の謎を解き、悲しみによりそってもらったことで、前に進む気持ちになれた」

完璧に美しい拝礼をして、青蘭が「小飛のおかげだ」と言った。

身分の高いおとなの男が頭を下げる姿に、燕飛としては複雑な思いを抱いた。

青蘭の心を癒《い》やせたのなら、よかったと思う。けれど、そうまで言ってくれるのに、どうして他人に泪飛の正体を話したのかという、疑念も同時にわいてくる。

「前に進むと言いながら、再び官を求める気には、まだなれないのか？　帝位をめぐる後継争いは日を追うごとに激しくなり、酷吏の横暴さはとどまるところを知らない。何千もの罪なき者が、残虐な拷問で命を奪われているんだぞ」

黄偉がたしなめるような口調で、青蘭に告げた。

「わかっているよ。酷吏たちは我が君から与えられた過分な権力を思うままにふるい、狄仁傑殿のような名臣に無実の罪をきせて、神都から離れた場所に遠ざけた。このような世で、私にいったいなにができるのか。……それを、考えているところだ」

「まあ、焦らないさ。妙な格好をやめただけでもましだと思おう。俺としては、こうして手を貸してもらえりゃ、とても助かるからな」

燕飛は理解のできない会話を黙って聞き、黄偉に「行くぞ」と言われてから、青蘭に別れを告げた。

近くを歩いてわかったが、黄偉は足音をたてない。武芸を身につけているからだろう。迷わず後ろをついてきているか、何度も確かめるはめになった。

小さな家が続く狭い街路では、黄偉の体が窮屈そうに見えた。

こういう男になりたかったなと、密《ひそ》かに燕飛は羨ましく思った。

「なあ、初めに言っておくが、俺はおまえのような身分の子供を使う気なんぞなかったんだぞ」

突然の言葉に燕飛は一度ふり返り、ふんと笑った。

「へぇ、それなら、どうして俺に会いに来たんだよ」

「あいつは、……生きた屍《しかばね》のようだった。そんな青蘭を、おまえが変えたからだ。俺にはできなかったことを、やってのけた」

尊大なようでいて、自分の至らぬところをはっきりと認める物言いは潔い。腹のたつ言動に、怒って追い払ってしまいたいと思うのに、憎みきれないから困ってしまう。

「あんたは蘭大人と友達なのか？　いったい、どんな仕事をしてるんだ。俺も関わるんだから、ちゃんと教えといてくれ」

「あいつは友というよりも、見ていて心配な弟ってところだな。仕事については、聞かないほうが身のためだ。そうしたらなにがあっても、知らぬ存ぜぬで通せるのだからな」

「なんだよそれ。なにひとつわからないんだけど？」

不満を口にしたが、多くを知らせないことで燕飛の身が守れるという忠告は、その通りかもしれないとも思った。疎外感はあるが、そもそも黄偉と深く関わるつもりもない。

「頼むから、期待を裏切ってくれるなよ。青蘭がおまえを俺に紹介したのは、それだけ信用しているってことなんだぞ？」

「言われなくたって、引き受けたからには力をつくすさ。でも、そこまで信用されているってのは、きっとあんたの勘違いだよ」

黄偉の言葉が、本当だとは思えない。燕飛はこれ以上の会話は避けようと、早足でひびの入った瓦屋根を目指し、灰色の壁の家の前で指を差した。

粗末な門には、空の鳥籠がひとつ吊り下げてある。籠の扉は閉じられていた。店主の不在をあらわす目印だが、居留守の時も多い。

会わないですめばいいと少しだけ思った。右聴がいないのであれば、黄偉の依頼を断れる。青蘭にも言い訳ができる。

神都一の哭女を休ませるとなると、簡単にいかないだろう。右聴との関係を考えれば、憂鬱だ。想像するだけでぐったりと疲れる。

燕飛は背後の黄偉を確かめてから、周旋屋の木戸を開いた。

「右聴大人……どこにいる？」

周旋屋の店内は薄暗かった。目が慣れる前に、店の奥から右聴が姿を現した。

薄くなった白髪を竹の簪でひとつにまとめ、着古した綿入りの羽織を着ている。燕飛を見ると、面倒くさそうに手招きした。

「なんだい戻ってきたりして。今日の仕事は、もうないと言っただろう」

「ところが、燕飛にはこれから、ちょいと働いてもらおうと思ってな」

燕飛がなにかを言うより先に、黄偉があいだに割って入った。

「初めて見る御仁だ。燕飛のお知りあいかね？」

右聴に問われて、燕飛は黄偉の大きな背中越しに、迷いながら頷いた。

「俺は黄偉という。周旋屋の右聴について、話は色々と届いているぞ。ずいぶんと、うまく儲けているらしいな」

黄偉の名を聞いて、右聴の顔色が変わった。険しい視線で、すばやく燕飛と黄偉の顔を交互に見比べた。

右聴は黄偉が何者なのか、どうやら知っているとみえる。

「これから数日のあいだ、燕飛を俺の雇員《こいん》としたい。だけどこいつが、婆《ばあ》さんの許可がいると駄々をこねるんでね。こうして、お願いにきたわけだ」

「燕飛はまだ子供ですから、ご期待にそうような働きはできかねると思います。どうぞ、ご容赦くださいな」

右聴が黄偉に拝礼をした。顔をあげるさいに、燕飛をじっと見た。

招かれざる客を連れてきたなと、叱る目つきだ。燕飛は曖昧に微笑んだ。

「いいや、燕飛でなければならぬ。協力してもらおう」

きっぱりと言い切った黄偉に、右聴は急いで再び拝礼をした。

「承知いたしました。ですが、私は燕飛を、本当の孫のようにかわいがっておるのです。どうか、出立される前に、ふたりきりで話をさせてくださいませぬか?」

燕飛は右聴の言葉に驚いた。孫のように思っているというのは、その場しのぎの方便だろうが、黄偉の命令にあっさりと引き下がるとは思っていなかった。

黄偉は右聴でも逆らえないような、高い地位にいる男なのか。

「燕飛を逃したりはしないだろうな」

「もちろんです。お役人様に逆らうようなまねはいたしませぬ」

黄偉が舌打ちをして、燕飛の背を押した。

「まあ、いいだろう。馬車を呼んでくる。それまでに、話をすませておくように」

燕飛は右聴とともに黄偉を門前で見送り、急いで周旋屋の店内に戻った。

「とんだおひとに目をつけられたね。あんたを使って、黄偉様はなにをしようって？」

「母親を失った少年を慰めて欲しいってさ。それより、偉大人って名の知られた男なのか？　どんな仕事をしているのか本人に聞いたけど、詮索するなと言われたよ」

右聴の手が伸びて燕飛の耳たぶをつまみ、刻みこむように告げた。

「たちのわるい男だよ。関わらないほうがいい」

「悪人なのかい？」

「どちらかと言えば、善人だね。あんたくらいの年頃に、溺れた子供を助けようと、真冬の洛水に飛びこんだ」

忌々しそうな右聴に、燕飛は小首をかしげた。

「正しい行いが報われないこの世のなかで、ひとを救うために動ける男とだったら、関わっても問題ねえはずだろ？」

「あんたは本当に、夢みがちな子供だねえ」

呆《あき》れたような物言いに、燕飛は苛立ちを覚えた。

「俺が、どんな夢を見ているっていうんだよ」

「この機会に言っておくよ。これから哭女の仕事を通して、あんたの目はさらに養われ、人間の本性が見えるようになる。だけど、哭女の仕事を少しでも長く続けたいなら、瞼を閉じておかなきゃならない」

「なにを言ってんのかわからねえよ。俺を働かせて、この先もまだ儲けたいなら、きちんと説明しといてくれ」

これから燕飛は身長が伸びて、筋肉がつくようになる。髭が生えて声が低くなれば、性別を見破られる。

男娼だって十八になれば廃業だと、いつか右聴が言っていた。哭女に変身できるうちに仕事をこなして、たくさん稼ぎ、正体を知られる前に引退しなくてはならない。

「ひとはたいてい、寿命が尽きる前に死ぬもんさ。何者かによって断ち切られる。泪飛を呼ぶような金持ち連中は、とくにだよ。おまえは、わけありの葬儀もひき受けるからね」

「俺が、そういう仕事を選んでいるわけじゃないだろ」

言われたとおりにしているだけだと、燕飛は右聴を睨みつけた。

生きるために哭女の泪飛になった。燕飛のまま勉強を続けていられたらと、失った進路をことあるごとに夢想してしまう。

ぐっとこみあげる未練に、燕飛は唇を嚙みしめた。

「あんたは、同じ年頃の誰よりも死者に接している。だからこそ、その死に不審なところがあれば、気づいてしまうときがあるだろう。だけど、見えないふりをするんだよ。哭女は死者を悼んで、涙を流すのが仕事なんだからね」

「なんだよそれ。俺に嘘をつけって？」

「黄偉様になにを聞かれても、すっとぼけていればいい。真実を黙っていることは、嘘をつくこととは違うだろ」

「そうかなあ？　俺にはそう思えないけど」

「口は災いのもとだよ。不審な死は、官吏がすっかり調べているんだ。官吏のやりかたを批判すれば、面倒なことになるよ。それくらい、あんたもわかっているだろう？」

官吏が判断を下したら、確たる証拠などを提出しないかぎり覆らない。もしも、捜査を誤ったと明らかになれば、報告書を裁可した高官まで厳しく罰せられる。官吏たちは一度決めた判定を、それこそひとを殺してでも貫こうとする。

「俺には守らなきゃならない家族がいる。危ない橋は渡らないさ」

「そうさ、あんたは哭女なんだ。身の程を忘れちゃならない。殺された者は、そうされるくらい生前に憎まれていたのさ。日頃の報いが返ってきたんだよ。黄偉様のような官吏に声をかけられたからって、浮かれて身を滅ぼすようなまねはするんじゃない」

ただでさえ、あんたは考えが甘いのだからと、右聴の説教はしつこく続いた。

燕飛はうんざりしながら店の扉に視線をむけた。馬車を呼んでくると言って出て行ったきり、黄偉は戻らない。もしや、戻ってこないつもりなのだろうか。

それならそれでいいと思った頃、門前に馬車が停まる音が聞こえた。

「それじゃあ、俺はもう行くよ」

燕飛は右聴に手をふり、逃げるようにして周旋屋をとび出した。


箱馬車は窓が両脇にふたつあったが、どちらもぴったりと閉じられていた。黄偉とむきあって座り、しばらく黙って揺られていたが、なにも言ってこないので燕飛から問いかけた。

「なあ、……少年について、もっと教えてくれないか？」

「話しただろう。母親に死なれて、傷ついているってな」

「いやいや、まったく足りないよ！　あんたが哭女の仕事を、どれだけ軽んじてるかってのはよくわかった。あのさ、死者のために嘆くときも、できる限り下調べをしてんだぜ。ひとりのために心をこめて歌うには、そのひととなりを知らなきゃできない。悲しみを癒やすためなら、なおさらだよ」

「大げさだな」

黄偉が肩を竦《すく》めた。そんなわけないだろうと言いたげな態度に、燕飛は唇を強く結んでから、黄偉に迫った。

「それが、神都一の哭女の、やりかただ」

目線をあわせて、燕飛は強く告げた。

ひとを笑わせる仕事など、経験がない。笑い話を言ったり、芸人のまねをしたりしても、しらけさせるだけだろう。

黄偉が燕飛をじっと見返してくる。視線が、研ぎ澄まされた刃のように鋭い。首筋に切っ先をむけられたような緊張を覚えたが、燕飛は目をそらさなかった。

「少年の名は李澎《りほう》だ。おまえと同じ年頃だな。幼い頃は病気がちだったらしく、ひとり息子ということもあって、両親に溺愛されていた。可愛《かわい》がられたせいか、十を超えても外の友達と遊ぶより家で母や召使の子供と遊ぶのが好きな甘えん坊、でもよく笑う明るい子供だったそうだ。三百年は働かなくても暮らせるほど裕福な李家《りけ》のご子息だから、働く必要もないしな」

なに不自由ない暮らしのなかで、愛され、遊んでいたわけか。

李澎という少年を頭のなかで想像して、好きになれそうにないと思った。

燕飛は両親を亡くしたが、悲しみに浸るような余裕はなかった。自分だけでなく、妹と弟を食べさせていくために、涙ではなく汗を流してきた。

「恵まれてるんだな。父親に守られているだけでなく、蘭大人にも心配されてるのか。俺なんて身分は低いし、金もない。毎日、生きるだけで必死だ。男の身を隠しながら哭女なんてやっている。その秘密も、あんたに知られちまったしな」

どうして自分よりも幸せそうな李澎を、慰めてやらなくてはならないのだろう。

燕飛の気持ちを察したのか、黄偉の大きな手が頭に触れた。

殴られるかと身構えたが、手のひらは燕飛の頭をぽんぽんと軽く撫でて、離れていった。

「おまえってやつは、思っていたより馬鹿なんだなあ」

「なんでだよ。ちゃんと、わかってるよ」

哀れな少年を慰めるには、さらに哀れな燕飛こそが最適だと青蘭は考えて、いまは無職とはいえ元官吏としての責任をもって、黄偉に汨飛の秘密を明かしたのだろう。

さすが、青蘭らしい行動だ。困っていたり、苦しんでいたりするひとがいたら、ごくあたりまえに助けようとする。燕飛にはまねできない。他人を気遣う余裕などない。

「いや、わかってない。俺たちが、おまえを使ってここまで動くには、それなりの理由があるんだぞ」

「それって、どんなわけだよ？」

「青蘭の考えは、本人の口から聞くんだな」

手を差し伸べておいて、触れる寸前でひっこめるようなまねだ。燕飛は黄偉をじろりと睨んだ。

「なら、あんたはどうして動いてんだ」

「俺はただ、立ち直った青蘭が、燕飛に救われたと言っていたのを信じているだけだ」

「救われたって、俺に？　それ、本当に蘭大人が言ったのか？」

胸に温かい感情が広がったが、落ち着けと燕飛は自分に言い聞かせた。

子供みたいに簡単に喜んだりするところを、黄偉に見られたくない。それに、青蘭の口から聞いたわけではない。大げさに言っているだけかもしれない。

「哭女ってのは穢《けが》れた仕事だ。おまえが男の身でやってるって露見したら、まずいってのもわかってる。安心しろよ、青蘭に強く口止めをされてんだ。もし、手伝わなかったとしても、言いふらしたりなんぞしねえさ。……けどよ、あいつは身分や立場なんてもんを、気にするやつじゃないだろう。ちょっとは頭を使うんだな」

指で、額を軽く弾《はじ》かれた。「うわっ」と悲鳴をあげると、黄偉に笑われた。明るい笑顔だったので、つられて笑いそうになったが、なんだか悔しくなって唇をぐっと引き結んだ。

笑い声のむこうから御者の声が聞こえて、まもなく馬車は停まった。

黄偉に続いて、車外に降りる。目の前に大きな門がそびえていた。周囲をぐるりと見回してみる。輝く屋根瓦と剪定《せんてい》された木々が、道沿いに長々と続く塀のむこうから覗き、武則天の住む皇城が背後にそびえていた。

宮殿と市場に近く、皇族や高官がたくさん住んでいる地区だ。

黄偉に手招きされて、燕飛は門番の前を通った。怖い顔で睨まれる。泪飛の姿なら、どんな豪華な屋敷でも臆せず入ってゆけるのに、普段着のままでは心身が萎縮した。哭女にむけられるのとは違う侮蔑の視線だ。

屋敷の執事の案内で、燕飛は黄偉と門をふたつくぐり、鉢植えの木々が並ぶ前庭を抜けて邸内に入った。緻密な飾り窓のある居室でしばらく待つと、李家の主人が現れた。

李家の主人は、五十代と思《おぼ》しき男だった。長いあごひげがあり、肩幅が広く、どっしりとした体つきをしている。綿のたっぷり入った上着をはおり、織りの細かな絹製の布衣を身にまとっていた。

燕飛はさっそく、李家の主人の前に膝をついて拝礼をした。

「この芸人は、名を燕飛と申します。ひとの心によりそうことが得意です。ご子息の笑顔をとり戻すために、試してみませんか？」

黄偉の言葉に李家の主人は険しい顔をして、燕飛をじろじろと見下ろした。

「神都だけでなく長安からも腕のある芸人を呼んだが、一切の効果はなかったのだ。この子供にできるとは思えぬ」

愛想なく切り捨てるように言われて、燕飛は焦った。右聴にはなにもするなと言われたが、青蘭には期待されている。なにもできずに帰ったら、がっかりさせてしまう。

「仰《おつしや》るとおりになるかもしれませぬ。調べを進めるなかでご子息の話を聞いたので、よかれと思って燕飛を連れてまいりました。望まれぬのなら、帰るといたしましょう」

黄偉はあっさり引き下がり、燕飛の肩を「行くぞ」と叩いた。

燕飛はためらったが、予定どおりに行かないこともあるだろう。黄偉に従うほかないかと頷いて、黙って立ちあがった。

「いや、待たれよ。わざわざ来ていただいたのだ。効果がなくとも、なにもせずにおるよりはよいかもしれん」

帰ろうとするところを見て惜しくなったのか、それとも黄偉の好意を蹴るようなまねは避けたいと思ったのか、李家の主人は慌てた様子で燕飛と黄偉をひきとめた。

「そう言われるのであれば、ぜひとも」

くるりと踵《きびす》を返した黄偉を見て、そう言わせたくせにと燕飛は思った。

うまくことを運ぶためには、黄偉のように、自分から動かなければならないのだ。燕飛は勇気をだして、役目をぶじに果たすための提案をすることにした。

「ご子息にお会いする前に、祭壇を拝ませていただけませんでしょうか？」

燕飛に、李家の主人と黄偉の視線が集まった。緊張しているせいで、泪飛のときのような声音になってしまったと焦りながら、燕飛は「どうか」とふたりに拝礼をした。

葬儀を見れば死者の人柄が伝わってくるように、遺族が死者を偲んで供えた弔いの品々から、生前の様子を想像できる。

李澎は母親の死を、心を閉ざすほど悲しんでいるらしい。

ならば、李澎と話をする前に、母親がどのようなひとだったのか、手がかりを少しでも得ておきたい。

霊廟《れいびょう》を拝したいと望まれて断るひとは少ないが、燕飛のような身分の低い者が相手では嫌がられるかもしれない。

李家の主人は、難しい顔をしていた。

無理だろうかと燕飛が諦めかけたとき、黄偉がぽんとひとつ手を打った。

「思えば私も、霊前にご挨拶をしておりませんでした。よろしいでしょうか？」

李家の主人はなにかを考えるようにあごひげを撫でてから、黄偉にむかって鷹揚《おうよう》に頷いた。

助かったと視線で礼を告げる。黄偉が軽く手をあげて応えた。なぜだか、嬉しくなってしまい、燕飛は笑みを嚙み殺した。

燕飛と黄偉は客間を出ると、李家の主人の案内で、邸内の別棟に作られた霊廟にむかった。

長方形の形をした石造りの霊廟は、中に入るとさらに寒い。静まり返った空間が、燕飛を厳かな気持ちにさせた。

祭壇に祀《まつ》られている祖先の数に、李家の歴史の長さを感じた。

李家の主人が黙って賢淑の位牌《いはい》を示したので、燕飛は黄偉とともに祈りを捧《ささ》げてから、祭壇の供物を眺めた。

花や果実のほかに、黄金色の軟膏《なんこう》のような物が白い小皿に盛られていた。貴人の生活は、燕飛にとって馴染《なじ》みが薄い。数ある葬儀を経験してきたが、黄金色の軟膏を見たのは初めてだ。

あとで黄偉とふたりきりになったら報告しようと決めて、燕飛は霊廟を出た。

「息子は、今日も庭におります」

庭園に続く石畳は、迷路のように入り組んでいた。敷地内に建物が数多くあるため、景色が複雑に重なりあって、一歩ごとに世界が変わる。

屋根のある細い通路を進むと、開けた場所に出た。まるい月のような池があり、背後に築山が作られていた。池の傍らには石造りの灯籠がいくつも建てられており、松や柳の木が植えられていた。

木々の枝は切りそろえられており、庭師によってすっかり冬支度が整えられている。

燕飛はふと、鴛鴦夫婦の庭を思い出した。小さいが美しい庭は、李家の庭のように冬を越すための準備がされていなかった。枝葉は氷雪に耐えられず、あのまま乱れて、朽ちていくのだろう。

築山の周りには竹林が作られており、風が吹くたびに音を奏でた。李家の主人は、築山をゆっくりと登った。ゆるやかに曲線を描く道と、路傍の木々によって、ときおり姿が見えなくなる。築山の頂が見えたところで、李家の主人が歩みを止めて、手で前を示した。まるで、貴重な鳥でも見つけたかのような慎重な仕草だ。

李家の主人のむこう側には、小さな亭が建てられていた。六角形の瓦屋根と朱色に塗られた柱が、色の薄れた冬の景色のなかに浮かびあがっている。

少年がひとり背をむけて、浅藍色《あさあいいろ》の肩かけをはおり、小さくまるまるようにして亭に座っていた。亭には壁はなく、柱で屋根を支えている。まるで、少年を閉じこめた鳥籠のように見えた。

李家の主人が、そろりそろりと少年に近づいた。

足音に気づいて、少年がふり返る。憔悴《しょうすい》しきった顔が、傾きかけた陽光に照らされた。

「おまえのために、芸人を連れてきたぞ」

「あ、ありがとう……ございます」

李澎の顔が奇妙にゆがんだ。笑おうとして、失敗したのだと燕飛は悟った。

きっと、李澎は父親の願いを叶《かな》えたいと思っている。笑ってくれという期待に、無理をしてでも応えたいと努力をしている。

暗い顔を見て、李澎にたいする嫉妬は一瞬で消えた。悲しい気持ちに、貧富の差はない。感情を自ら押し潰すようなまねがよけいに李澎を苦しめている。

燕飛は、李澎に哀れを感じた。

父親はわかっていないようだが、少年に親しい人々のなかには、すでに気づいている者もいるに違いない。

だが、李家の主人に苦言を呈する者はいなかったのだ。もしくは金を得るために、李澎の悲しみを理解せず、ただ笑わせようとしてさらに追いつめた。

「ふたりきりにしていただけますか？」

燕飛の願いに、李家の主人はよい顔をしなかった。

しかし、これまでに同じように頼んだ者もいたとみえて、黄偉に頷くと踵を返した。

「遠くで見ておるからな。妙なまねをするではないぞ」

ひとり息子がよほど大切なのだろう。李家の主人に釘《くぎ》を刺された。

李家の主人と黄偉が声の届かぬところまで離れたのを見届けてから、燕飛は李澎にそっと告げた。

「笑えないんだってな？」

李澎が燕飛に、冷たい視線をむけた。

今度もまた、金の亡者が笑わせに来たのだと思っているのだろう。

「君に、どうにかできるのか？」

「悲しいものは、悲しくてあたりまえだ。自分の心を認めていいんだ」

李澎の肩がびくっと震えて、驚いた瞳が燕飛を見あげた。

「いいや、僕は笑いたいんだ。……笑ってさしあげたいんだ」

李澎の顔が醜くゆがんだ。なんとか笑顔を作ろうとしている。必死な李澎の表情を見て、燕飛の胸はさらに痛んだ。

母親を失った悲しみが癒えていないというのに、無理をして笑おうとするわけは、父親を敬愛しているからなのだろう。

大切なひとの期待に応えられなくて辛い気持ちは、燕飛にもわかる。

「本当の気持ちは、抑えつけられるものじゃないぜ」

「ああ、そうなのだろうね……。笑おうとすると、先に涙が出てきそうになる。目頭が熱くなって、潤んでしまうんだ。滴がこぼれないように歯を食いしばって、なんでもないって言うのだけで、せいいっぱいで……」

声が湿り気を帯びた。燕飛は李澎の心を揺さぶるために、思いをこめて訴えた。

「なあ、泣きたいだけ、泣けよ。悲しいのに、無理に我慢して、きっと苦しかったよな？　涙を流しつくしたら、今度はもう、前をむいて歩き出せるはずだからさ」

燕飛の言葉に李澎の瞳から、真珠のような大粒の涙がひとつこぼれた。みるみるうちに、ぽろぽろと落ちて、止まらなくなった。

「泣いていいって、初めて言われた」

燕飛は黙って、李澎の肩を強く抱いた。

李澎は燕飛の胸に額を埋めて、幼い子供みたいに大きな声を出して泣いた。

震える体を見下ろしながら、こんな風に泣きたかったと燕飛は思った。泣けなかった自分の代わりに、泣きたいだけ泣いたらいいと、李澎の背をさすった。

「俺も、母親がいないんだ。死ぬほど体調が悪かったのに、本当に死ぬまで気づかなかった。最期にも立ち会えなかったから、いまでもすごく後悔してるんだ」

そっと心の傷を告白すると、李澎が洟《はな》をすすりながら顔をあげた。

燕飛は李澎の泣きぬれた頬を、袖で拭った。

「僕の母様は、……家に帰ってきたときは、もうまともに話せる状態じゃなかった。それなのに、僕にこれを渡してくださった」

李澎が懐から、手のひらに収まる円形の小さな容器を取り出すと、燕飛が見ている前で蓋を外した。

黄金色の軟膏のようなものが入っている。李澎が、燕飛に容器を差し出した。手に取って、顔に近づける。甘い香りがした。霊廟で見たものと同じだ。

これはなにかと聞く前に、けたたましい足音が近づいてきた。

いけない。泣かせてしまった。

説明をしなくてはならない。

燕飛はとっさに李澎から身を離して立ちあがった。

「これは……」

「我が息子になにをしたのだ！」

李家の主人が路傍の石を摑み、近づいてきて思い切り投げた。

身構える間もなかった。頭に強い衝撃を受けて、燕飛は額を押さえて亭の床にうずくまった。温かく、ぬるりとした湿り気に、手のひらを見れば真っ赤に染まっていた。

「あっ、あ……あああ……」

李澎の怯《おび》えるような声が、頭上から聞こえる。気にするなと言ってやる余裕はなかった。燕飛の視界は滴り落ちる血で覆われた。

痛みの鋭いところを指の腹でそっと探った。眉のうえあたりを切ったようだ。

全身が膨らむような心地がして、ぶわっと嫌な汗がふき出した。

顔は商売道具だ。目立つところに怪我をしたら、完治するまで哭女はできない。傷跡が残れば、仕事がなくなるかもしれない。そうしたら、どうやって家族を養ってゆけばいいのだろう。

「おい、大丈夫か？　帰るぞ！」

黄偉に腕を摑まれ、引きずられるようにして李家の屋敷を出た。箱馬車に押しこまれてから、額に布をあてられた。燕飛は大きな手を思いっきりふりはらった。布が落ちる音が聞こえた。

「今回限りでもう俺にはかまわないでくれ。蘭大人にもそう伝えてくれ」

最初は脅されて、引き受けざるを得なかった。青蘭の役にたつのも悪くないとも思った。

でも、違う。本当は期待に応えたかった。できる男だと青蘭に認められて、もっと距離を縮めたかった。

だが、燕飛にそんな力はなかった。

「俺を遠ざけるのはしかたねえ。だけど、青蘭は違うだろう。あいつは、おまえの将来を考えて」

「蘭大人の気持ちを、あんたが語るのはやめてくれ！」

黄偉は青蘭のことを大事にしていた。青蘭の気持ちなんて、他人の口から語られたら信じられない。どんな作り話だって、でっちあげられる。

どうして、まるで青蘭が燕飛を大切に思っているようなことを言うんだ。いまさら燕飛のためだなんてわけがわからなかった。

男の身で哭女をしている事情を簡単に他人に教えたのだから、青蘭にとって燕飛はその程度の軽い存在に決まっている。気にしないように努めてきた感情が、一気にふき出した。

身の程を知らねばならないと右聴が言っていたが、その通りだった。

とんでもないことになった。

人助けなんてするんじゃなかった。他人を救う暇があるなら、自分のために動くべきだった。ひとりでやっていかなければならないのに、守るべき者がいるのに、身の程をわきまえず青蘭と関わったりしたからこんな最悪の状況になった。

燕飛は怒りと恐怖に震えながら、「黄金色だ」と黄偉に告げた。

「黄金ってのは、なんの話だ？」

黄偉が赤く染まった布を拾い、燕飛の額に手を伸ばしかけて、腕を下ろした。

「あんたが聞きたがっていた、妙な点だよ。祭壇に黄金色の軟膏があった。故人が好きだったものを供えているのだろう。だけど、俺は、初めて見た」

燕飛はそっけなく、端的に告げた。哭女として、ひとより多くの葬儀を見ている。祭壇も、数えきれないほど拝んできた。燕飛が見たことのない供え物だ。よほど、珍しい物に違いない。

「ありゃあ、蜂蜜だな。蜂が花の蜜を集めて、巣のなかで作った甘い食べ物だ。あらゆる疾病に有効な万能薬だぞ。とても貴重なものだから、おまえが知らなくても不思議ではないがな。賢淑の死んだ父親の部屋にもあったが、……養蜂家が言うには、混ぜ物など一切してない純正だそうだぞ」

燕飛は蜂蜜の説明を聞いて、顔をしかめた。虫が集めた汁なんて気持ちが悪い。どれだけ甘い万能薬だろうとも、燕飛は絶対に口にしないだろう。

「金持ちってのは奇妙な物を食べるんだな。俺にはやっぱり、あんたたちのような貴人様は理解できねえよ。ああ、そうだ、李澎は母親が死ぬ前に、その蜂蜜ってやつを受けとったようだぜ」

黄偉の依頼は果たした。蜂蜜がどういう結果をもたらすか、燕飛にはわからない。もう、どうだっていい。知りたいとも思わなかった。

燕飛は黄偉に頼んで、箱馬車を周旋屋の前で停めると、短く別れを告げてさっさと降りた。空から、白い綿のようなものが降っている。どうりで、いつもより寒いはずだ。燕飛は周旋屋の店内にとびこんだ。

「なんだい、燕飛かね。しばらく来ないはずだったろ」

「やっちまった。どうしたらいい？」

燕飛の姿を見て、右聴が円卓を指差した。

「なんて馬鹿な子だ。早く、そこにお座り」

「……傷跡は、残るかな？」

円卓に、訃報が積まれている。手紙の多くが、泪飛に泣いて欲しいという依頼だ。

右聴が店の奥から木箱を取って出てくると、卓上の物をすべて傍らにのけた。哭女ができなくなったら、仕事はひとつもなくなる。燕飛は泣きたい気持ちを、ぐっとこらえた。

皺のある手が燕飛の頬を包み、顎をもちあげさせた。顔が迫って、傷をじっと見つめられる。

重大な判決を言い渡される気分だ。聞くのが怖い。燕飛は身動きせずに、右聴の言葉を待った。

「傷の大きさは、小指の先ほどだ。頭の怪我は血がたくさん出るものさ。ただ、痕が残るかもしれないね。そうしたら前髪を作って、化粧で隠すほかないよ」

「ごめん、……右聴大人。忠告を受けていたのに、俺は……」

見立てを聞いて、燕飛は少しだけ安堵した。痛みほど傷は酷くない。痕が残っても、隠してしまえばどうにかなりそうだ。

けれど、右聴にこうして迷惑をかけている。燕飛は、自分が情けなくてたまらなかった。

「起きたことはしかたがないさ。あとで軟膏を渡すから、帰ってからも、こまめに塗るんだよ」

右聴は木箱から針を取り出すと、器用に一度で糸を通した。

細い針の先端を見て、燕飛はこれから味わう痛みを、当然の罰だと覚悟した。

泪飛をやるようになってから、初めてまとまった休みをとった。瑶と阿雲とずっといられるのは嬉しいが、夜が更け、朝が来るたびに、不安が大きく育っていく。

怪我が治るまで、休業だ。そのあいだ、たくさんの依頼を断る。泪飛をあてにしていたのにと、人々は失望するだろう。哭女は人気商売でもあるのだ。一度下がった評判は、なかなかもとに戻せない。

「ほら、じっとしてろって。阿雲！」

暴れる阿雲を燕飛は抱きしめた。身動きのとれなくなった体から、布衣を追い剝ぎのように脱がせる。

阿雲が寒さを嫌がって、怒りの叫びをあげた。

空気が冷えて乾燥し始めると、阿雲の顔にはぽつぽつと赤い湿疹《しっしん》ができる。湿疹はやがて手足や脇腹、肘や膝にも広がり、春がくるまで悪化し続けるのだ。

陶器の小瓶から軟膏を手のひらにたらして、阿雲のかさついた肌を撫でた。

「やあだ、やだ！」

阿雲がさらに喚いた。三歳の小さな体で、手足を力のかぎり動かして、身を捩《よじ》る。小さな踵《かかと》が、燕飛の腹を蹴った。幼子とはいえ思いっきりやられると、かなりの痛みがある。

逃がさないぞと、燕飛はさらに腕に力をこめた。濡れた手のひらで阿雲の湿疹に触れて、肌の赤みに擦りこんだ。軟膏がどれだけしみるか、身をもって知っている。右聴のくれた軟膏は、泪飛のためにとよこした高価な薬だ。赤みと痒《かゆ》みがおさまり、阿雲の湿疹もよくなるはずだ。

痛いことをするなんて酷い兄だと、顔を涙で濡らしながら、阿雲がなおも逃げようとする。大事に思っているからなのに、泣かれるのは切ないなと燕飛は眉をよせた。

燕飛に石を投げた李家の当主も、息子を守ろうとしたのだろう。妻を失ってまだ月日もそれほど経っていなかった。ひとり息子だけは絶対に守るのだと思う気持ちも、理解できる気がした。

誰かを大切に思い、思われる関係には憧れる。

けれど、ひとと距離を縮めていれば、きっと頼りにしたくなっただろう。弱くなるのは嫌だ。甘えを覚えてしまえば、逆境に立ちむかえなくなる。だから青蘭との縁は切った。正しい選択をしたはずだ。

燕飛には、妹と弟がいる。家族のために生きているのだから、弟妹の笑顔が燕飛の幸せなのだ。鴛鴦の契も、めったにおきない奇跡だから、特別に言葉が作られる。噂話や美談になるような劇的なできごとが、死のように等しく誰にでも起こるわけではない。ひとには身の程というものがある。

「ねえ、お兄ちゃん。蘭大人がおみえになったけれど、どうしたらいい？」

瑶が部屋に顔を出して、心配そうに燕飛を見あげた。

「言っておいただろ。会わないよ」

うっすらと積もった雪をふり払うように、燕飛は淡々と切り捨てた。

「それ、わたしから蘭大人に言えばいいの？」

燕飛は顔をしかめた。

瑶に、嫌な役回りはさせられない。

それに、青蘭ならなにを言われても、燕飛が出てくるまで家の前で何時間でも待つかもしれない。

「……二度と来るなって俺が追いかえしてくるよ」

阿雲から腕を離すと、いまだとばかりに猛然と駆けだして、小さな体を瑶の背中に隠した。寂しさを覚えながら燕飛は家を出た。いつも仕事が忙しいという言い訳で、阿雲の世話を瑶に任せきりにしている。瑶にべったりくっついて、燕飛を避けるのもしかたがない。

家の外には、雪が消えずに残っていた。水も凍る寒さだ。しばらくこのまま溶けずに、降り積もってゆくのだろう。昼の陽射しに溶けかけても、夕刻が近づくと氷となる。燕飛は転ばぬよう慎重に歩み、閉じたままの門越しに声をかけた。

「蘭大人、いまもそこにいるのなら、このまま帰ってくれ」

「小飛を巻きこんだのは、私だ。痛い思いをさせて本当に悪かった。どうか顔を見せて欲しい」

慌てている雰囲気が声音から伝わってきた。どうやら、燕飛の顔が傷ついた話を、今頃知らされたようだ。物腰は柔らかだが、青蘭は意志の強い男だ。怪我がどうなったか見せるまで、きっと帰らないだろう。

門の前で喚かれても困る。少しだけ扉を開けて、青蘭に顔を見せた。

「ほら、たいした傷じゃないだろ。それに、俺が李澎を泣かせたから怪我をしたわけで、蘭大人のせいではないよ。気にしないでくれ」

早口で告げて扉を閉じようとしたが、青蘭が革の小袋を差し出した。

「李澎は笑えるようになったそうだ。君を傷つけたと謝罪もしていたよ。あと、これは感謝の気持ちだとあずかってきた」

「そっか。それなら、よかった」

思いっきり泣いて、笑えるようになったなら、燕飛の傷も無駄にはならない。

燕飛はありがたく報酬を受け取った。

「小飛のおかげで、事件は解決しそうだ。けれど、怪我の話は、黄偉から聞くまで知らなかった。色々と、遅くなってすまない」

「謝る必要なんてない。それより、……事件って言うからには、賢淑は誰かに殺されていたのか？」

あれから、いったいなにがどうなったのか、まったく想像ができなかった。

ちょっと迷ったが、燕飛は門を開いた。

羊毛の外衣を着た青蘭が、蕾が開くように微笑んだ。心の雪が溶けるような、ほんのり温かい気持ちになって、燕飛の顔はつられてゆるんだ。慌てて表情を引き締める。

燕飛は家に戻ると、外衣を脱ごうとする青蘭を制して、玄関先で待たせたまま瑶を探した。

瑶は居室で刺繡をしていた。部屋の奥にある寝台で、阿雲が眠っている。泣きつかれたのかもしれない。ふたりの姿を見て、己が守るべき宝はなにかを燕飛は確認した。

「蘭大人と話をするけど、すぐに終わる。聞かせたい話じゃないから、阿雲と部屋にいろよ」

弟妹には自分のことで、心配などさせたくない。誰かが死んだというような、悲しい話は聞かせたくない。痛みや、苦しみのない、平穏な暮らしをさせてやりたいのだ。

燕飛が玄関先に戻ると、青蘭はなんともいえない静かな顔をしていた。客を立たせたまま待たせるなど、酷い扱いだ。それを無礼だと怒るわけでもなく、けれど、いつものように微笑むわけでもない。

なにを思っているのかわからない顔をしているから、燕飛はどう声をかけるべきか戸惑った。

「毒は、蜂蜜だった」

青蘭から話し始めたのでほっとしたが、すぐに燕飛は眉をよせた。

「そんなら、やっぱり蜂蜜に混ぜ物がしてあったのか。……でも、純正という話だったろ。どうやって毒を入れたんだ?」

「蜜は純正だよ。だけど、李澎が持っていた蜂蜜を兎《うさぎ》に舐《な》めさせたら、半日で死んだ。すべては蜂が原因だったんだ」

よくわからない。燕飛が小首をかしげたのを見て、青蘭がさらに説明を続けた。

「神都にいた鴛鴦夫婦の話を、聞いた覚えはあるかい?」

「時を違えずに死んだ宦官と宮女の話ならね。有名な美談だから、知らないやつのほうが少ないだろ。それに、鴛鴦夫婦の葬儀は、俺が慟哭したからさ」

どうして突然、鴛鴦夫婦の葬儀の話が出てくるのだろう。

燕飛の返事を聞いて、青蘭が表情を曇らせた。それを見て、よくない話が始まると悟った。

「小飛が泣いたのなら、よい葬儀になっただろうね。実は、……鴛鴦夫婦は趣味で養蜂をやっていた。採取した蜂蜜は毎年、親しい相手や宮中で世話になった恩人に配っていたそうだ。彼らの自宅の周辺を調べたところ、近くに空き家があった。そこで、夾竹桃《きょうちくとう》が庭から溢れるほど旺盛に、繁殖していたのが見つかったのだ」

「なあ、夾竹桃って毒があったはずだよな。もしかして、蜂は、その花の蜜を……」

夾竹桃には、強い毒がある。枝を串にして肉を刺し、焼いて食べた者が、死んだという話も聞く。

だが、毒があるからこそなのか、美しい花を咲かせるために観賞植物として好まれており、庭で育てている者も少なくない。

「切ない話だ。蜂たちは、夾竹桃の蜜を集めた。鴛鴦夫婦はそれを知らず、蜂蜜をたくさん食べて、その毒で死んでしまった」

暗い顔をして、淡々と説明する青蘭に相槌《あいづち》を打ちながら、燕飛はふと疑問を覚えた。

蜂がどこから蜜を集めてくるか、一匹ずつ追いかけないと正確にはわからないというのは納得できる。毒蜜が四人もの命を奪ったという経緯はわかったが、本当に偶然なのだろうか。

死んだ四人に、なんらかの関係はないのだろうか。

「喪主をしていた養子の青年は、なんと言っていた？」

「養子などいないはずだが？」

きょとんとして青蘭が答えた。

燕飛は思わず叫びそうになったが、すぐに我に返って口元に手をあてた。

鴛鴦夫婦の趣味が養蜂だと知る者が、彼らの家の近くで密かに夾竹桃を植えたとしたら、蜂を介して毒蜜を作らせることができる。

老齢の鴛鴦夫婦が蜂蜜を贈る先は、毎年決まっていたはずだ。

養子と名乗った男は何者なのだろう。

長安で勉強をしていたから、鴛鴦夫婦とは暮らしていなかったと説明されて、燕飛はすっかり信じこんだ。宦官の葬式を、縁もゆかりもない相手が執り行うはずがないからだ。弔問客も養子だと説明されて、きっと誰も疑わなかった。

「怪しい男だな。調べさせておこう。少し、時間がかかるかもしれないが……。蜂蜜が配られた先を調べるうちに、心臓麻痺《まひ》で亡くなったとされていた老人たちが、本当は毒殺されていたということがわかって、黄偉は大忙しなんだ」

「毒殺だって？　じゃあ、もしかしたら、養子と名乗った青年が犯人かもしれないのか？」

「蜂蜜を受けとって亡くなった者の多くが、先帝に重用された旧臣でね。次期皇帝となる太子の座に、先帝の一族ではなく、我が君の甥《おい》をつけようと考える悪人の犯行だろうと推測できる。けれど、いまのところ確証はないのだ」

「賢淑の父親も、鴛鴦夫婦と知り合いだったんだな。それで、あの蜂蜜……そうだ、蜂蜜！　李澎は無事かっ？」

「もちろんだよ。蜂蜜は貴重なものだが、賢淑はとても好んでいたようだね。実家で父親と、たっぷり食べたようだ。小分けされたものが、李澎に土産として渡っていた」

「食べたら、李澎も死ぬところだった？」

青蘭が「量によるけれど」と頷き、ふわりと柔らかい笑みを浮かべた。

「今回の事件が解明して、黄偉にはとても感謝されたよ。復官しないかともうながされたよ。けれど、これらはすべて小飛のおかげだ。いつも私ばかりが頼り、助けられている。もう会わないと言ってると黄偉から聞いたが、……私が君のためにできることは、なにもないのだろうか？」

真摯に問われたが、燕飛は首をふった。

「俺は大丈夫だよ。ひとりでだって、やっていける」

期待してもらったから、応えたかった。それが果たせて本当によかった。青蘭を助けられたのなら、充分だ。

燕飛は、青蘭に甘えたいわけではない。見返りが欲しいわけでもないのだ。

「小飛は立派な男だ。ひとりでもやっていけるだろう。けれど、ふたりのほうが、よいことだってあるはずだろう？」

まっすぐに見つめる青蘭の瞳に、心を射ぬかれた。

ふたりという言葉が、青蘭と燕飛をさすものだと思ったら、なんだか目頭が熱くなって、涙が出そうになった。

燕飛は顔を俯けた。落ち着け、落ち着けと息を大きく吸った。ゆっくりと吐き、気持ちを鎮めようとした。

「いつも、悲しい顔をさせてばかりいる。私は、小飛が笑っているところを、見たいと思っているだけなのだが……」

青蘭の指先が、燕飛の肩に触れた。

けれど、それ以上触れるのをためらうように、そっと離れていった。

燕飛は思わず、青蘭の手を取った。

大きく、温かい手だ。体温が、燕飛の手のひらに伝わってくる。掴んだ手を握り返されて、さらに体の芯まで温められるような心地がした。

自分を気にかけて、駆けつけてくれるひとがいる。ひとりではないのだと、手をさし伸べてくれる青蘭がいる。

だが、青蘭は切なげな顔をしていた。そんな顔をさせたいわけではなかった。

ひとを信じたら痛い目にあうとわかっている。

燕飛は奥歯をぐっと嚙み締めて、むりやり微笑んだ。

哭女として、涙を流しながら歌うことには慣れている。依頼者の期待に応えるときのように、いまもこの場にふさわしい表情を作って、青蘭を安心させる言葉を告げようと顔をあげた。

「ああ、そうかもしれないな。ふたりのほうが、……ふたりの、ほうが……」

言葉はいくつも思い浮かんだ。それなのに、青蘭に伝えようとすると、視界が潤んで、声が震え、どうしても最後までうまく言えなかった。

閻羅王

長い黒髪を結わえた紐に頰をぱちんと叩かれて、燕飛は空を見あげた。

雲はひとつもなく、夕日が麻の喪服を朱色に染めている。証聖《しょうせい》元年（六九五）の一月十四日は、まもなく終わりをむかえる。夜の気配に、急いで屋敷の門を出ようとした。

「また、そなたの歌を聞きたい」

弱い力に袖をひかれて、燕飛は背後をふり返った。瘦せこけて青い顔をした老人が、目に涙を浮かべていた。

屋敷の主人が、わざわざ見送りに出てくるのは珍しい。

燕飛は老人の骨と皮だけになった手に、自分の手をそっと重ねた。

「いいえ、もう二度と、お会いすることがありませんように」

老人が目を見開いた。大粒の涙が、雪の残る石畳に落ちた。

「ああ、ああ、そうであった。哭女の泪飛には、会えぬほうがよい。……そなたがあらわれるのはいつだって、誰かが死んだときなのだからな」

燕飛は瞼を伏せて、老人の言葉に同意を示した。この先は幸せになってほしいと願いながら去ろうとした。

「しかし、春節だというのに、そなたのご両親はなにをなさっておるのかね？」

聞こえなかったふりをするには声が大きかった。燕飛は困った顔を作って、小首を傾《かし》げた。

元旦から最初の満月の夜までを、春節と呼ぶ。春節は十五日ほど続くが、そのあいだ人々は仕事を休んで家ですごす。

しかし、葬儀に携わる者には関わりのない話だ。誰がいつ死ぬかなど、予測ができることではない。

燕飛は年齢よりも幼く見える。ひとり息子を病に奪われたばかりの老人は、それゆえ、子供が休日も働かされていることを哀れに感じたのだろう。

家族を喪う痛みは、燕飛にもわかる。燕飛は、両親を亡くしている。けれど、まだ幼い弟妹がいる。家族がいるから、休日に働くことも苦ではない。ふたりを養うのは燕飛しかいない。

「わたくしのことを知ろうとするのは、おやめくださいませ」

容赦を願うと、老人が眉間に深い皺をよせた。

「だが、……そなたは気づいておるのかね？」

老人の意図はわからないが、言葉にできないなにかを訴えかけるような強さがあった。

まさかと思い至って、燕飛は肩をまるめた。まだ隠せると思っていたが、限界がきたのか。首筋の汗が冷えて、ぞっとした。このまま逃げてしまいたくなった。

燕飛は握りかけた拳を、むりやり開いた。

「わたくしについて、なにかご存じなのですか？」

寒風が吹きつけた。老人は風がゆきすぎてから、唇を開いた。

「……いや、引きとめてしまってすまなかった。門が閉まる前に帰らねばならぬのに」

懐から絹の布袋を取りだすと、燕飛に握らせた。微《かす》かに聞こえる音と重みから、心づけだとわかった。

意味深な言葉をそのままにして去ることにためらいを覚えたが、藪《やぶ》をつついたら蛇が出るかもしれない。それに、老人の言うとおり、夜が神都の都を覆おうとしていた。

日没になると太鼓が打たれて城門が閉じられる。続いて、坊門と呼ばれる区画の門がしまる。そのあとは、次の日の朝まで坊の外に出ることは許されない。

もしも夜中に街を歩けば、犯夜《はんや》の罪で捕まって棒叩きの刑にあう。

燕飛は老人に礼を告げて、重たい足取りで門を出た。近くに、馬車が停まっている。御者の青年が、身をまるめて座っていた。燕飛は慌てて馬車に駆けよった。

「笵浩大兄、お待たせしてすみません」

「こっ、凍っちまうかと思ったぞ！　どうせ遺族を哀れに思って、慟哭に熱がはいっちまったんだろうけどな、毎日おまえのために走りまわってる俺のことも、少しは大事にしてくれよ！」

笵浩はここ数年で、大人のような体に成長した。いまは唇を紫色にしてふるえているが、そこらの男より喧嘩《けんか》も強くて、用心棒のような存在でもある。

だが、燕飛が雇っているわけではない。機嫌をそこねたらまずい相手だ。

燕飛は、黒い瞳をまっすぐに見つめた。笵浩が言葉につまって自分に見とれたので、優しく微笑みかけた。

「汨飛の評判がよいのは、笵浩大兄がお力を貸してくださっているからです。こうして、心づけまでいただきましたよ」

待つことは御者の務めだが、寒さはひとの心を弱らせる。老人から貰った絹の袋をそのまま渡すと、笵浩の顔が明るくなった。

「さすが、哭女の汨飛は神都随一だ！」

笵浩は袋を懐におさめると、燕飛が座席に腰をおろすのを待ってから、鼻歌まじりに手綱を軽くひいた。

馬車は洛水にかかる石脚橋を渡り、漢人や胡人の富商が住む地区を通った。市場のそばを抜けると夕餉の香りがどこからともなくただよってきた。燕飛は朝から葬儀をはしごして、すっかり疲れきっている。家に帰ったらきっと、妹は労《ねぎら》いの言葉と、温かい食事を用意してくれるだろう。

「おい、汨飛。灯籠だ。春節も明日で終わりだな。俺と祭りには行けそうか？」

笵浩の視線の先を見ると、道沿いに並ぶ商店の軒下に飾り灯籠を吊るしているひとたちがいた。

屋根の上に、まるみのある銀の月が輝いている。

明日は、満月だ。新年が始まって、あっというまに二週間が過ぎた。道行くひとたちは、誰もが早足だ。馬車の上から移りゆく景色を眺めて、流れる時間に思いを馳《は》せた。ふと、老人の意味深な言葉が蘇って、燕飛は馬車のふちを握りしめた。

「わたくしは家で休みます。次の日も仕事がありますから」

「せっかくの夜だぞ。楽しみかたがわからないなら、俺が案内してやるからさ」

春節の最終日だけは、夜も都市の門が開かれる。

昔は燕飛も提灯《ちょうちん》を持って、両親と夜歩きをした。はしゃぎ疲れて父親に背負われ、ぐっすり眠った。あの頃は、不安などひとつもなかった。

「そうですね……、右聴大人を説得してくださるなら、わたくしも考えますよ」

無理だと言ってほしくて提案すると、笵浩が舌打ちをした。

「周旋屋の婆には、ひとの心がねぇからな」

辛辣な言いかたに苦笑して、燕飛は「……それでも」と、沈む夕日を見つめながら呟いた。

「困りきって、どうしようもなくなったとき、右聴大人だけが助けてくれましたから」


燕飛は、薄汚れた家の前で馬車をおりた。割れた瓦が目立つ屋根だ。明日は春節の最終日だが、軒先に灯籠はない。代わりに、鳥籠がひとつ吊るされている。扉が開いているが、もとから鳥は飼っていない。周旋屋が開店しているという合図でしかない。

「右聴に恩があるってのはわかってるが、ずいぶん稼がせてやっただろ。今年こそ俺と夫婦になって、ふたりで独立しようぜ」

「笵浩大兄、そのお話はまた今度に。わたくしは、右聴大人に仕事の報告をしにゆかねばなりませんから」

口説かれても応えられない。優しい口調できっぱりと言って、不満顔の笵浩に手をふった。馬車が角をまがるまで見送ってから、鳥籠の扉を閉じて周旋屋に入った。

「ようやくのお帰りかい？」

薄くなった髪を首の後ろでまとめ、綿のへたった衣服を着た右聴が、円卓を指で叩いていた。声が硬いのは、円卓につまれた訃報のせいだろう。

右聴は、字がほとんど読めない。仕事は口頭で頼まれるが、文書で届くものもある。仕事の依頼がきているのに、内容がわからないまま待たされて不機嫌になる気持ちはわかる。

燕飛は肩をすくめて、朗らかな声を出した。

「遊んでたわけじゃない。俺は、右聴大人に言われた通り、ちゃんと仕事をしてきたよ。訃報は、着替えてから読むからさ」

「あんた、午前中に、蔡家《さいけ》の弔いもしてきたね？」

「ああ、全部やってきたよ。なんだよ、俺のやりかたに苦情でもあったのか？」

右聴にじっと見つめられた。視線は強かったが、燕飛は目をそらさなかった。

「心あたりがないんなら、さっさと服を着替えといで」

「……本当に、なにかあったのか？」

「話はあとだよ」

右聴は体を前後にゆすってから、燕飛を手で追いやった。話の続きが聞きたかったが、右聴は一度決めたら頑なだ。

燕飛は店の奥にある衣裳部屋に走った。扉を開いて、喪服の帯を外す。布のこすれる音が狭い部屋に響いた。温《ぬく》もりがなくなり、体がふるえた。

髪をおろしてひとつに結びなおすと、化粧台の鏡に映るのは哭女の泪飛とは違う姿だ。小柄で細い体にある薄い胸は、永遠にふくらむことはない。

意味深なことを言った老人は、燕飛が男だと気づいたのだろうか。

燕飛は自分の姿から目をそらした。棚から目の粗い紺の布衣をとりだして、手早く身につける。

「なにしてるんだい、眠っちまったんじゃないだろうね！」

「すぐ行くよ！」

右聴に呼びかけながら、店先に戻った。

「今日の昼ごろのことだよ。蔡家に、閻羅王があらわれた」

右聴が両手を口の前で組み、燕飛をじろりと睨んだ。

「閻羅王って……、閻魔《えんま》さまのことだろ。地獄からやって来たってのか？」

「冗談はおやめ。閻羅王のことは、世間の噂になってるだろ。数年前から、長安で盗みを働いていた男だよ」

右聴に鼻をきゅっとつままれたが、知らないものは知らない。

「俺は、毎日ずっと葬式ばかりだ。知ってる噂も、右聴大人が教えてくれた話くらいだよ。それに、長安なんて行ったこともない。本当に、閻羅王なんて初めて聞いたよ！」

長安は、神都から馬車で五日ほどの距離にある都市だ。かつては、長安が唐王朝の中心地だったが、燕飛が十歳のとき、長い歴史のなかで初めて女帝となった武則天が、首都を神都にうつすと決めた。

遷都については、武則天が女の身で皇帝となったことに、旧臣たちが不満を抱いていたからだと言われている。武則天は、頭の固い旧臣たちを長安に残して、神都で新たな国づくりを始めたのだ。

「去年の末から、閻羅王が神都にあらわれて、金持ちから財宝を盗んでは、貧しい者に届けている。最近では、悲田坊《ひでんぼう》に寄付をしたようでね。蔡家もその被害にあったのさ」

右聴が難しい顔をして、椅子に背をあずけた。

悲田坊とは、孤児を救うための施設だ。皇帝の指示で運営されているものと、金持ちが善意でやっているものがあるが、どこも子供でいっぱいだ。満足に食べさせてもらえる日はめったにないと聞いている。むちゃな労働や暴力から逃れるために、逃げ出す者もいるらしい。

燕飛が哭女にならなければ、弟妹と悲田坊を頼ることになっただろう。

「蔡家は裕福だったしな……。でも、どうしてそれが、閻羅王のしわざだってわかるんだ?」

「閻羅王は、自分の名を記した護符を残すんだよ。神出鬼没の大義賊なんて呼ばれているが、忌々しい盗賊だ。ひとさまの財産をかっさらっていくなんてね」

右聴は金に困っていないはずなのに、屋敷の修繕はしないし、ささやかな小銭すら惜しんで暮らしている。ひとの貯《たくわ》えを奪うような輩《やから》は許しがたいのだろう。

「俺も義賊は嫌いだよ。弱い者を助けてるなんて言うやつもいるけど、好きに暴れまわって、やりたいことをやってんだから悪党さ。それで、蔡家はなにをされたんだ？」

「先祖伝来の宝を盗まれたのさ。家宝が蔵にあるってのは、有名な話だったろ」

「でもさ、蔡家では門番が弔問客を調べてたし、屋敷のいろんなところに見張りがいたよ。蔵にも、守ってるやつらがいたはずだろ」

燕飛が蔡家のことを語ると、右聴の顔が険しくなった。

「ああ、四人いたそうだ」

「そんなにいたのか。しっかり警備をしてたのに、どうして盗まれたんだよ」

「閻羅王が蔵の前にあらわれたとき、見張りのひとりが戦いを挑んだ。異変に気づいた従者たちもあつまって、捕らえようとしたが、屋敷の外に逃げられた。追いかけていた者たちは、また閻羅王がやってくるかもしれぬと蔵に戻り、そこで気絶した見張り三人と、扉の開いた蔵を見た」

「それじゃあ、宝は誰が盗んだんだ？」

「見張りを起こして聞いたところ、屋敷の者たちに追われているはずの閻羅王が、蔵の前に戻ってきたそうだ」

そんなことがありえるのだろうか。右聴の話が正しいなら、閻羅王は同時刻に、ふたつの場所で目撃されていたことになる。

燕飛は「あっ！」と手を打った。

「そうか、閻羅王はひとりじゃないんだな。盗賊団のように何人かで、一緒に悪さをしてんだろ」

「ところが、見張りたちが見た閻羅王は、どちらも顔の右側に傷があり、姿も格好も同じだったそうだ。どんな奇術か知らないけれど、閻羅王はこの世にひとりだけさ」

右聴が燕飛の右頬に触れて、こめかみから顎のほうまで、見えない傷を爪でまっすぐに描いた。

顔の半分を裂く動きに、なんだか痛みを覚えて燕飛は眉をよせた。

「あんた、閻羅王に協力なんてしてないだろうね？」

なにを言われたかわからず、燕飛は「えっ？」と聞き返した。

「あんたは哭女として、いろんな屋敷を見てきた。そのなかで知ったいろんな話を、閻羅王に教えてないだろうね？」

泪飛としての経験が悪事に使えるなんて、想像したことがなかった。冗談を言われているのかと思ったが、右聴は少しも笑っていない。燕飛は首を激しくふった。

「俺がそんなことするわけないだろ！　そもそも、閻羅王のことを知らなかったじゃないか」

「でも、あんたは金に困ってるだろ。女のふりができる時間は短いからね」

胸の柔らかいところに包丁を刺されたような心地がして、燕飛は俯いた。

「ああ、そうだな。男の俺はいつか哭女がやれなくなる。そうなったときに、妹たちをどう食わせていくか、……俺にはあてがなにもない。だけど、だけど、俺は良心を売ったりしないよ。義賊は法を破る悪人だ。どんな理由があったって、悪いやつらは捕まるべきだ！」

「とにかく、悪人についてなにか知ってたら、まずは私に伝えることだよ」

右聴がうるさそうに顔をそむけた。

「右聴大人は、俺のこと……、閻羅王に力を貸すようなやつだと思っているのか？」

言葉にすると、鼻の奥がつんとした。

悪いことをしてはいけないと、両親や教師から厳しく言われて育った。だから、いつか役人になり、世の中を良くしていきたいと思っていた。

右聴は、燕飛のことを幼いころから知っている。自分のことをよく知っているはずのひとに性根を疑われるのは、まったくの他人から殴られるよりこたえた。

「疑いたくもなるよ。閻羅王が狙うのは、たいてい泪飛が慟哭した家なんだからね……。あんたが手先なんじゃないかって、悪い噂が広まり始めてる。ほら、しみったれた顔はおやめ。この話は終わりだよ」

門まで見送ってくれた老人は、悪い噂を知っていたのだろう。だから心配そうに、気づいているのかと聞いてきたのだ。

「……わかった」

燕飛は力の抜けた手を、円卓の訃報に伸ばした。

「なにしてるんだい。やめとくれ」

冷たい手に手首を摑まれた。簡単にふりはらえる強さだったが、拒まれたということが悲しくて、右聴を睨みつけた。

「閻羅王と関係がありそうな俺には、もうなにも見せないってわけかよ」

右聴が燕飛を鼻で笑った。

「あんた、今年も灯籠を吊るしてやるって、妹たちと約束してるんだろ。今日はもう帰ってやりな。仕事の話は、明日の朝にするとしよう」

こんなことぐらいでと思うのに、頬がゆるんだ。燕飛は、周旋屋の軒先に灯籠を吊るしてから、走って家に帰った。


正午の光が、格子窓から陸家の宗廟《そうびょう》を照らしている。

弔問客が集った宗廟で、燕飛は泪飛として、涙を流しながら弔いの歌を歌っていた。宗廟の奥に祭壇があり、その前に置かれた桐《きり》の寝台に老いた男が横たわっている。白い喪服をつけて、胸のところで手を組み、永遠の眠りについていた。

男の名は、陸権《りくけん》だ。老齢を理由に退官するまで、神都の役所で裁判官をしていた。

ふと、視線を感じた。

青蘭が、燕飛を見ていた。身分が高くて年上の男だが、哭女をやっている燕飛を対等な人間として扱ってくれる。

青蘭も以前は官吏をしていたから、陸権と繋がりがあったのだろう。隣の黄偉は俯いているので表情がわからないが、青蘭は憂い顔をしていた。

「いやよ、信じられない……、嘘だと言って……お願いよ！」

悲鳴のような叫びが、宗廟の厳かな雰囲気を切り裂いた。寝台の前に敷かれた藁《わら》の莫蓙《ござ》に、五人の遺族が並んでいる。

老いた妻と息子夫婦、燕飛よりも年上の孫と、若い妾がひとりだ。粗末な喪服を着て草履をはき、背中をまるめて泣きわめいている。

「そうですよ、父上様……、死後は自由にしてやれと、私に命じておられたはずではないですか！」

喪主である息子は血の気の失《う》せた唇で、同じ問いかけを繰り返している。

陸権が死んで、今日で四日目だ。

死後三日目までは、死者が息を吹き返すことがあるので埋葬できないが、遺族たちは作法として、葬儀が終わるまで泣き続けねばならない。

遺族は埋葬の日が近づくにつれて疲労でやつれ、ときに倒れることもある。

哭女が嘆いているあいだは休むことが許されるが、陸家の遺族は泪飛がいるのに悲しみの声をとめない。

とんでもない葬儀に当たってしまった。

燕飛は右聴をうらんだ。わけありの葬儀ほど報酬も高くなり、仲介料もあがる。依頼が文書で届いていれば先に気づくこともできるが、避けたくなるような仕事にかぎって、右聴はうまく隠し通す。

一度ひきうけた仕事を投げだしたら、泪飛の評判がさがる。依頼がなくなって困るのは、右聴ではなく燕飛だ。

燕飛は陸権を弔うために、唇を開いた。

「あなたはいつも公平でした……」

右聴からは、不正が横行する役人のなかでは珍しく、ひとの心がある男だったと聞いていた。弔問客も多く、本当に人格者だったようだ。

けれど、陸権はいま、家族を困惑の極みにおとしいれている。

これは仕事だ。集中しなければならない。燕飛は祭壇から漂う沈香《じんこう》の匂いを深く吸って、母親を亡くした日のことを思い浮かべた。頬に、涙がひとつ流れ落ちた。

「裕福でも、貧しくても、わけへだてなく裁きをおこないました。悪を許さず、自らにも厳しいあなたの仕事ぶりを、誰もがいまも讃《たた》えております。あなたを失った神都は、深い悲しみに満ちております」

燕飛は、陸権のひととなりを高らかに歌いあげた。弔問客たちは耳をかたむけながら、袖で目尻を押さえる。

「こんなの酷いわ……だって、わたし、死にたくない……死にたくないのよ！」

「受けいれるしかないのよ。それほどまでに、愛されていたのだと思いなさいな」

陸権の妻が、妾の背を撫でて言い聞かせるが、妾は髪をふりみだしながら陸権にすがりついた。

「いったい、どうされたのだ。その妾になにかあったのかね？」

弔問客の老人が、狂乱する妾に困惑の表情を浮かべて、喪主に理由を問いかけた。髪に白髪がまじり、ふくよかな体をしているが、目は鋭い。

「こちらのことです、どうぞ、お気になさらず」

喪主は青白い顔で言ったが、ふくよかな老人は退かなかった。

「我が友の家族だ。わしにできることがあれば力になるぞ」

喪主が暗い顔を、寝台の陸権にむけた。

「……父が、遺言を書き換えていたのです。この妾を、殉死させるようにと」

陸権の遺言に、宗廟の弔問客がざわめいた。視線が、妾の背に集まる。

殉死とは、主人の死をいたみ、臣下や近親者があとをおって自殺することだ。それを、妾は強要されている。

家族におけるいっさいの秩序を決めるのが、家長である男性である。父系によって財産の継受と親族関係が築かれるためだ。

裕福であり、その気になれば、男は妻のほかにも妾を娶《めと》る。夫婦といえども正妻の立場は夫より低く、ましてや妾ともなれば弱い。

とくに陸権の妾は、退官後に出会った酒楼勤めの若い女だ。働きに出なければならないのだから、実家に権力があるわけではないだろう。

家長である陸権の決定には従わねばならない。

だが、殉死を公的に強要するとは驚きだ。基本的に嫁は結婚しても姓が異なったままであり、よその家の者として扱われる。

生殺与奪まで握れるのは、陸権が官僚として働いていたときの伝手《つて》を使い、賄賂などを用いて遺言状を公的に押し通したに違いなかった。

「そのようなこと、……にわかには信じられぬな。妾はまだ若く、子供はおらぬから、本人が望むようなら再婚させてやってくれと言っていたはずだ。それで、わしも気にかけて、店の者に良縁を見つけておくよう言いつけておいたというのに」

肉付きのよい顔をしかめながら、老人があごひげを撫でた。

「私も、父からそのように聞いておりました。けれど、病が重くなってから、父はひとが変わられてしまって……」

「これ、亡くなられた父上のことを、そのように悪く言うものではないぞ」

老人がたしなめると、喪主は喪服の袖をめくった。腕に、木綿の布が巻いてある。

布がほどかれたとき、老人は顔をそむけて、ためらいがちに喪主の腕を見なおした。

「酷い傷でしょう？　風が冷たいからと、父は花瓶を壁に投げつけました。破片が飛んで、私の腕を……以前では考えられないことを、なさるようになったのです」

「その遺書とやらは、本物なのかね？」

「役所の印が押してあります。父が息をひきとったあと、皆で遺言状を確認して驚きました」

妾がわっと声をあげて、寝台に突っ伏した。

運命は、不公平だ。立派な家に生まれて役人となり、世間から評価されたのちに寿命で亡くなる者もいれば、誰かのために死なねばならない者もいる。

燕飛は、青蘭に視線をむけた。痛ましそうな顔をしている。燕飛と同じように、妾の運命に同情しているのだろうか。

青蘭なら、妾を救えるかもしれない。

かつて青蘭は、官吏の地位を捨てて、親友の死の謎を解きあかした。母を喪い、心を閉ざした哀れな子供を癒やそうともした。

青蘭が視線に気づいて、燕飛を見た。なにかを言いたそうに唇を動かしたが、きゅっと結ぶと首をふった。

ああ、そうなのか……。

燕飛も、青蘭に一度だけ軽くうなずいた。言葉を交わさずとも理解できた。正当な遺言であるなら、従わなければ法律違反となる。そうすると、今度は罪人として処刑される。取り消せるとすれば本人だが、すでにこの世を去った。

「我が友の字なのか、見せてもらってもよいかね?」

「もちろんです」

喪主が寝台におかれた箱から遺言状を出して、老人に見せた。

「……我が友の筆跡だ。しかし、奇妙な話だな。……この場に、泪飛がいることも」

陸権の字であると確かめても、老人の気持ちは晴れないようだ。遺書を箱におさめてから、冷ややかに燕飛を見た。

「泪飛は、神都で一番の哭女ですよ」

喪主の言葉に、老人が目を見開いた。

「閻羅王のことを知らぬのかね?」

燕飛は舌打ちをこらえた。

閻羅王の噂はずいぶんと広まっているようだが、悪いことなどしていないのだから、背筋を伸ばしているほかない。それでも誰かのせいで評判が下がるのは腹が立つ。

「長安で捕まったものかと思っておりましたが、なにかあったのですか?」

「父上の葬儀にかかりきりでご存じないのも当然かもしれぬ。昨年末から、この神都では、閻羅王のしわざと思しき事件がいくつもおきているのです。そして、事件があった家には、すべて汨飛が弔いに訪れたことがあるとか……。あの汨飛は、やつに力を貸しておるかもしれぬのですぞ」

老人は、大きな声で説明をした。弔問客たちにも、聞かせたいのだろう。

「ご心配はありがたいですが、汨飛が閻羅王に通じているとは思えませせぬ。汨飛の評判に嫉妬する人々が流す、根も葉もない噂なのでは……」

「おいっ、閻羅王だ! 蔵が襲われたぞ!」

宗廟の外から、慌てた声が聞こえた。

燕飛は驚いて扉をふり返った。

「なんだとっ! 急げ、おまえたち。今日こそ捕まえるぞ、ついてこい!」

黄偉が部下に声をかけて、突風のように外へ駆けていった。

「汨飛、ここを動かないように」

青蘭がそっと燕飛に告げて、黄偉のあとを追いかけていった。

「閻羅王だって?」

弔問客は、面白半分に騒ぎながら外を見に行く者たちと、災難から逃れようと去っていく者たちとにわかれた。

「ああ、なんということだ……」

喪主が従者に支えられて、ふらつきながら出ていってしまうと、宗廟には遺族四人と燕飛だけが残された。

閻羅王のことは気になったが、哭女は死者を弔い、遺族を慰めることが仕事だ。義賊ごときに怯《ひる》んで、慟哭をやめたりはしない。

うろたえる遺族のためにも弔いの歌を続けようとしたとき、祭壇の陰に、喪服姿の男がいることに気づいた。

男は三十代半ばだろうか。ゆるく波うった黒髪を簡単に縛って、背に流していた。立ち姿に揺るぎはなく、その姿をじっと見ていると威圧感を覚えるのに、闇に溶けているかのように気配がなかった。

男は狼のような鋭い瞳をして、まるで香炉から漂う煙のように寝台に近づいた。

燕飛は声をかけようとしたが、男は寝台からすぐに離れて、音もなく燕飛のそばを通りすぎた。

燕飛が男をふり返ると、男も燕飛をふり返り、ふっと笑った。

燕飛は息がつまった。

顔の右側に、深い傷跡があった。追いかけて宗廟を出たが、男の姿はどこにもなかった。

あの男は、閻羅王なのだろうか。外にいるはずではなかったのか。いったいなにをしていたのだろう。燕飛は急いで宗廟に戻ると、寝台に駆けよった。

陸権の枕のそばに、蓋のあいた箱があった。遺書のうえに、閻羅王と書かれた護符が重ねられている。

「……汨飛、どうしたの？」

陸権の妻が青い顔をあげた。

「あの、箱のなかに……」

燕飛は護符を手に取った。ふわりと不思議な香りがした。なんの香りだったか思い出そうとしたが、黄偉が宗廟に戻ってきた。

「閻羅王にやられた！　蔵の中身をすっかり奪われちまった。くそっ、こんな護符なんぞ残していきやがって」

忌々しそうな声だ。黄偉が手にしている護符と、同じものを燕飛も持っている。

「あ、あの、……わたくし、顔に傷のある男が寝台にいるのを見ました！　それで、寝台を見てみたら、遺書の上に、閻羅王の護符があって……」

黄偉が目を大きく見開いて、燕飛から護符をひったくると、二枚くらべて表情を硬くした。

「どうしたんだい？」

青蘭が額の汗をぬぐいながら、黄偉の背後からあらわれた。燕飛を見つめてから、黄偉の手にある護符に気づいた。

「汨飛が宗廟のなかで、閻羅王らしき男を見たそうだ。この護符は、箱のなかにあったらしい」

黄偉はそう言いながら寝台に歩みより、箱の遺書を開いて、舌打ちをした。

「陸権殿の筆跡でしょうか？」

黄偉が遺書を見せながら、陸権の妻に問いかけた。

陸権の妻は、おろおろしながら遺書を読んで、驚いた声を出した。

「え、ええ、夫の字です。ですが、……この遺書は、夫が書きなおす前のものです。ほら、ここに、妾が望むなら再婚させるようにと書いてありますでしょう」

燕飛は顔をしかめた。閻羅王は、陸権の遺書を以前のものとすり替えたのか。だが、意図がわからない。

青蘭に視線を転じて、うなずきあうと、ふたりで寝台に近づいた。

「私にも見せてくれ」

青蘭が告げると、黄偉が「役所の印があるぞ」と遺書を手渡した。

「わたしは、……どうなるのです？」

泣きぬれた妾が、床に手をついて黄偉を見あげた。

「どうって、そりゃあ……」

黄偉が青蘭に視線をなげかけた。

青蘭はおだやかな目をして、妾の前に膝をついた。

「役所の印があるなら、これも正式な遺書です。ならば、遺書のとおりになさるようにと、申しあげるほかありません」

妾はきょとんとしていたが、陸権の妻に「死なずにすむのよ」と肩を抱かれてぼうぜんとした。

あまりの驚きに声が出ないのだろう。妾の瞳から涙があふれて、あとから、あとからこぼれ落ちた。

よかったと思っていいのだろうかと、燕飛は迷った。殉死を命じた遺書は消えた。だが、閻羅王に奪われたのだ。

顎に手をあてかけたが、難しい顔をした黄偉に、腕を強く摑まれた。

「なあ、汨飛よ。俺たちゃ、さっきまで外で閻羅王を追っていた。それなのに、どうしてやつが宗廟に入りこめたんだ？」

「閻羅王が逃げる途中で、宗廟に隠れたのではありませんか？」

「いいや、俺たちは、閻羅王が屋敷の外に出ちまうまで、一度だって見失っていない。それに部下には、いまも閻羅王を追いかけさせている」

「そうでしたら、同じときに別の場所で、閻羅王があらわれたということになるのでしょうか」

「ありえねぇだろ。神出鬼没なんて噂されてるが、協力者がいるに違いねぇ。……汨飛のほかに、宗廟のなかで閻羅王を見た者はいるのか？」

黄偉に、疑いの眼差しで睨まれた。

燕飛は遺族に視線をむけたが、閻羅王を見たという者は誰もいなかった。

「閻羅王が盗みを働くのはいつだって、おまえが弔いをした屋敷だ」

「なにをおっしゃりたいのですか？」

「おまえが遺書をすり替えておいて、閻羅王のしわざだと言っているだけじゃないのか？」

燕飛は言葉を失った。これほどまであからさまに問われるということは、黄偉のなかでは、燕飛が閻羅王の共犯だという疑いが深まっているのだろう。

燕飛は唇を噛んだ。閻羅王が、燕飛が慟哭したあとの屋敷ばかりを狙っているとしても、燕飛が悪いことをやるようなやつと思われていたことが悔しかった。

「出よう、泪飛」

燕飛は青蘭に手をひかれたが、首をふった。黄偉に疑われたまま逃げるのは嫌だ。

「君の仕事は終わりだよ」

青蘭の長い指が二度強く手を握ったので、燕飛は顔をあげた。青蘭の背後で、黄偉や遺族たちが、燃えるような瞳で燕飛をじっと眺めていた。

ぞっとした。このままでは共犯者として捕まる気がした。閻羅王と関わりがないと証明する方法がないから、身の潔白を明らかにできない。官吏に取り調べられたら、哭女の泪飛が少年であることも明らかにされるはずだ。

燕飛はなにも言えなくなって、青蘭に手をひかれるまま宗廟を出た。

「蘭大人……、わたくしは、閻羅王の手先などではありません」

門に続く石畳を歩きながら、燕飛は祈るような気持ちで告げた。

「ああ、わかっている。君を疑うはずがない。でも、困ったことがあったら、すぐに頼ってくれ。私たちは友なのだから」

胸の灯籠に、ぽっと火がついた気がした。断言してくれたことが嬉しい。涙など自在に操れるのに、瞳が勝手に潤んだ。

「ずっと泪飛の評判を守ってきたのに、傷をつけられてしまいました」

繋いでいない手のひらに爪を立てた。鋭い痛みに、燕飛はふっと我に返った。

「蘭大人、わたくしと一緒にいてはなりません。あなたまで、閻羅王と関わりがあると疑われてしまう」

腕を軽くふったのに、青蘭は手を強く握った。

「私は、これから長安に行かねばならなくてね。狄仁傑様に、官吏に戻らぬかと誘われていて、……君も一緒に連れてゆきたいが……」

どうだろうと問われたので、燕飛は首をふった。

「今日のことを、周旋屋の右聴大人に話します。これからの仕事をどうするかも、相談しなくては……。そんなことより、蘭大人は復職されるのですか！」

狄仁傑は、青蘭が官吏だったころの上司だ。一年で一万を超える罪人を処理して、ひとりも冤罪を訴えなかったという賢臣だ。

酷吏に陥れられて左遷されているが、これまでも何度か同じ目にあっている。その都度、才能と人格を認める者に推薦されて朝廷に戻っているので、命さえ奪われないかぎり、狄仁傑はきっと再び女帝の側で仕えることになるだろう。

その狄仁傑に、青蘭は認められている。青蘭が役人になったら、大勢のひとが救われるはずだ。

それは、とても輝かしい未来だ。

「とにかく急いでここを出ようか。閻羅王の手がかりが摑めなくて官吏たちは苛立っている。危険を感じることがあったら、いつでも私の屋敷に逃げておいで。かくまうように言っておくから」

青蘭が、燕飛のほつれた髪を手でなおした。頭を撫でられているように感じて、亡くなった父親の手を思い出した。

燕飛は微笑みを作って「是」と言った。青蘭の気持ちは嬉しいが、なにがあっても屋敷を訪ねたりはしないと決めた。狄仁傑に声をかけられたのに、燕飛と関わったせいで閻羅王と繫がりがあると疑われたら困る。

門のところで青蘭と別れてから、燕飛は足早に馬車にむかった。

そのとき、沈香の匂いとともに背後から抱きしめられた。燕飛の悲鳴が声になる前に、大きな手が口をおおった。

「俺の話をしていただろう?」

低く、そっと囁かれた。一度聞いたら忘れられないような声だ。燕飛は男の腕に捕らわれたまま、顔だけでふり返った。

顔に傷のある男が眉間に皺をよせて、鋭い瞳で燕飛を見ていた。

燕飛は逃げようとしたが、力強い腕が許さなかった。

「騒がずに聞いてほしい。汨飛に、ひとつ依頼を受けてもらいたい」

閻羅王が口から手を離した。燕飛は大きく息を吸ってから、怯える自分をふるいたたせた。

「悪人の依頼に、汨飛が応じるわけにはまいりません」

燕飛はちらりと馬車を見た。悲鳴をあげたら、笵浩の耳に届くはずだ。

「すまぬが、こちらにも事情がある。ぜひともおまえにやってもらわねばならん」

閻羅王が、刃を燕飛の首筋にあてた。

断ったら、殺すという脅しか。燕飛がいなくなったら、妹たちが路頭に迷う。孤児には悲田坊があるとはいえ、義賊がほどこさねばと思うくらいの苦しい場所だ。燕飛の死は、妹たちの死に繋がりかねない。

「このようなことをされて、わたくしが心から弔いをするとでも?」

「ああ、おまえは必ずやる。家族のもとに帰らねばならぬだろう？　なあ、燕飛」

じわりと、胃のあたりが重たくなった。閻羅王は、泪飛が燕飛だと気づいている。家族が弱みだとも知られている。

泪飛の正体が世間に暴露されたら、その瞬間に哭女は廃業だ。

燕飛は助けを求めて青蘭の姿を探したが、見あたらない。長安にむかわねばならぬと言っていた。旅支度の必要もあるだろうから、すでに帰路についたのだ。

弱い自分に奥歯を噛んでから、燕飛は閻羅王を睨みつけた。

「言われるとおりにいたします」

この男を絶対に許さない。いまは従うふりをするが、必ず正体を暴いて牢屋《ろうや》に叩きこんでやる。

閻羅王に肩を抱きかかえられた。鍛えられた腕には重みがあった。ふりはらいたかったが、燕飛は耐えた。

陸家が遠ざかる。心のなかで笵浩に、気づいてくれと何度も呼びかけた。

通行人が燕飛の姿を見て、気の毒だという顔をする。

燕飛と閻羅王は喪服姿だ。通行人の目には、悲しみのあまり歩けなくなった燕飛を、閻羅王が支えているかのように映っているのだろう。

情けなくて、唇がふるえた。

陸家からほど近い川沿いに手漕《こ》ぎの舟が停めてあった。四人ほどが乗れる小舟だ。

「さぁ、行くぞ」

乗り込むのをためらうと、閻羅王が再び刃をむけた。

刃が、光を反射する。

燕飛が喉を鳴らしたとき、ふと泪飛の名を呼ばれた気がした。顔をむけると、青蘭が焦ったような顔をして、道のむこうから走ってくる。

「この刃を、あの男に投げてもよいのだぞ」

閻羅王が刃を青蘭にむけて、腕をふるまねをした。

「やめてください！」

燕飛は急いで舟に乗りこんだ。ふらついて、舟底に膝をついた。

「あの男……、青蘭とかいったか。ずいぶんと気にいられているようだな。哭女を廃業したら、あいつの男妾《だんしょう》にでもなるつもりか？」

燕飛は舟底を殴って、顔を背けた。

「あの御仁とは、そういう関係ではありません」

「そんならどういう関係だ？」

燕飛は唇を閉ざして、沈黙を選んだ。

閻羅王が肩をすくめながら、手早くもやい綱をほどいて舟に乗りうつり、よろめくことなく川岸を蹴った。

「そういえば、青蘭は、狄仁傑の部下だったな。狄仁傑はよい役人だが、この世では正しい者が叩かれる」

閻羅王が懐から黒い布をとりだして、燕飛の目をおおった。

日常が遠ざかっていく。涙が出そうになったが、こらえた。青蘭の声が風にのって聞こえてきたが、舟のゆらぎとともに小さくなって、やがて消えていった。


目を塞がれただけで、時間の感覚までおぼろげになるとは知らなかった。

舟はにぎやかな運河を渡り、都市にめぐらされた水路を何度か曲がったようだが、どのあたりにいるのか、もはや少しもわからない。

燕飛は幼いころから神都に住んでいるが、神都は広大だ。都市を囲む城壁を、ぐるりと歩いてまわろうとしたら、最低でも一日は必要になる。

閻羅王はあえて、燕飛を混乱させるような順路を選んでいるのかもしれない。

「もうすぐだぞ」

閻羅王の声が聞こえてすぐに、水のよどんだ臭いがするようになった。

空気が冷たい。燕飛は舟のへりをつかみながら、耳をすませた。音の響きがこもっている。自分の吐息をうるさく感じた。

地下水路を進んでいるのだろうか。

「おとなしいな」

笑みを含んだ声に、燕飛は沈黙を貫いた。抵抗しないのは好機を待つためだ。閻羅王に屈服したからではない。

舟のふちがなにかにぶつかって、ゆっくりと停まった。

閻羅王が、燕飛をひょいと抱えた。

燕飛は「ひっ」と叫び、手足を動かした。

「暴れると落ちるぞ。おとなしくしていろ」

閻羅王は音もなく歩き始めた。ふわりと、沈香の匂いがした。燕飛は違和感に、眉をよせた。

沈香は、香りの王だ。あらゆる香木のなかで最も高価であり、同じ種類の木であっても、生えている場所によって匂いがわずかに変わる。

陸家の祭壇で焚《た》かれていた香りも、男の体からただよう匂いも、どちらも沈香だが別物だ。

異なる匂いが、閻羅王の体にしみついている。

「……いつごろ、お亡くなりになられたのですか？」

閻羅王が歩みをとめた。

「聞いてどうする」

「弔いのために嘆くのなら、故人のことを知らねばなりませんから」

「そうか」

閻羅王が燕飛の体を肩に担ぎなおした。大きな揺れのせいで、広い背中に鼻をぶつけた。そのまま頭から落ちていきそうで、思わず閻羅王の服を摑んだ。

あいかわらず足音は聞こえないが、どうやら階段をのぼっているようだ。木の扉が開く音が聞こえた。部屋だろうか。水路より明るく、暖かく、静かな場所だ。

燕飛は柔らかな布張りの椅子におろされた。そっと、目隠しが外される。

眩しさに、思わず目を閉じた。

燭台《しょくだい》の灯りが照らす一室は、まるで宝箱のなかだった。黒檀《こくたん》の棚に、金や銀の装飾品や、宝石が並べられている。床には玉製の彫像があり、壁には天女の絵が飾られていた。玻璃《はり》の食器や螺鈿《らでん》が光る箱、異国の風景が描かれた織物や、不思議な色の石がまとめておいてあった。

燕飛が見たことのない逸品ばかりだ。思わずきょろきょろしていると、閻羅王がふんと鼻を鳴らした。

「気になる物があったら、盗んでもよいぞ」

腕組みをしながら、閻羅王は冗談ともつかない口調で言った。

「そのようなことをする輩に見えるのですか？」

燕飛が唇を尖《とが》らせると、閻羅王は顎に手をあててから、近くにあった金の髪飾りを指で弾いた。

「いいや、金持ちの家に行っても、おまえはそういうことを一度もしなかった。小さな弟妹を育てるためには、稼がなきゃいけないってのにな」

「わたくしの事情を、よくご存じのようですね」

「ここしばらく、泪飛について調べていたからな。神都一とはすなわち、この世で一番という意味だ。しかし、噂はあくまでも噂だ。この目で確かめねばならぬ」

「わたくしのことを調べながら、盗みもしていたのでしょう。おかげで、泪飛の名に傷がつきました」

なんということをしてくれたと怒りをぶつけたいが、殺されてはかなわない。閻羅王は悪人なのだ。なにをするかわからない。それでも、あまりにも酷いやりかたに、恨み言を口にせずにはいられなかった。

「心配ないさ。評判は落ちたりしない」

「やめてください。嘘は嫌いです」

「いまごろ、おまえの友達が、閻羅王に泪飛が誘拐されたと騒いでおるはずだ。泪飛が刃で脅されて、目隠しをされたところを青蘭は見ているからな。俺の仲間なら、そのような乱暴は受けないはずだろう？」

「それでは、わたくしのために、あえて刃で脅したというわけですか。誤解をといてやったのだから、感謝をしろと？」

「非礼は謝る。俺には、どうしてもおまえが必要だ。どうか、泪飛よ、……この哀れな男を救ってほしい」

閻羅王はそう言うと、部屋を出ていった。ついて来いという意味だろうか。

燕飛は椅子から立ちあがれず、両手をじっと見おろした。袖に隠した手がずっとふるえていたことに、閻羅王は気づいていただろうか。

怖い。行きたくない。

この部屋のどこかに、水路に通じる隠し扉があるはずだ。見まわしてみるが、それらしいものはなにもない。いっそ燭台の火を倒して火事をおこそうかとも考えたが、建物から出る方法もわからない。焼け死ぬわけにもいかないので、やめた。

燕飛は舌打ちをして、両手で顔を押さえた。胸のなかに渦巻く感情を、うめき声を何度もあげて吐き出した。

どうして自分だけ、こんな目にあわなくてはならないのだろう。自分の境遇に、燕飛は乾いた笑い声をあげた。

瞼の裏に、殉死を命じられた妾の姿が浮かんだ。すり替えられた遺言を読んで、青蘭が優しい判断をしたように、いまこのとき、自分にも救い主があらわれて、助けてくれないかと願った。

だが、いつだって、そんな奇跡は起きない。ゆっくりと立ちあがり、重たい体を引きずって部屋を出た。

人影はなく、暗い通路がひとつのびている。近づいていくと開かれた扉があり、絹の帳が垂れていた。

この先になにがあるか、知りたくない。なにも知らなければ、生きて帰れるかもしれない。燕飛は首をふると、帳を開いた。

冷たい煙が襲ってきた。まるで、裸体に吹雪を浴びたような心地になった。四角く切り出した氷の塊が、透明な壁のように積んである。そこは、氷の部屋だった。

白い煙に包まれて、燕飛はむせた。祭壇と黒檀の寝台があり、いくつもの香炉がおかれていた。沈香だ。匂いが濃いせいで、息苦しい。高価な香木なのに、目が痛くなるほど焚くなど、普通では考えられない。

閻羅王は粗末な敷物に座り、寝台によりかかっていた。冷たい部屋にいるせいか、閻羅王からさっきまでの生気が感じられなかった。まるで、魂を奪われたかのように、じっと寝台の上を見つめている。

燕飛は一度だけ強く目を閉じてから、閻羅王の隣に立った。

寝台には、喪服を着た女性の遺体が横たわっていた。

顔や体に傷はない。長患いの末に亡くなったようだ。やつれてはいたが、表情は安らかだ。

閻羅王からただよう沈香の匂いが、奇妙だった理由がいまならわかる。

女性の体には、死斑と呼ばれる打撲あとのような赤紫色が浮かんでいた。乾燥した肌はひび割れて、肉が見えているところもあった。瞼は閉じられているが、瞳は溶けかけているようでわずかに沈んでいる。

そして、少し甘ったるくて、鼻をつんとさせる臭いがした。人間の体は、内臓と脳みそが腐りやすい。もはや沈香でも臭いが隠しきれていない。

「どうして埋めてさしあげないのですか？」

死体の温度をさげると腐敗は遅れるが、冷やし続けても体の内側から溶けていく。それから、水分を失って骨と皮になる。壊れてゆく姿をさらしておくなど、死者を辱める行為だ。

「どうしてとは、おかしなことを聞く」

女の頬を撫でながら、閻羅王が言った。慈しみに満ちた触れかたに、燕飛は正気を疑った。

死者に酷いことをしておきながら、大切にしているつもりなのか。遺体の髪は櫛《くし》で整えられており、上等な喪服を着せてある。用意した者の思いが伝わってくるからこそ、燕飛はとまどった。

「いったい、どれくらい前に亡くなられたのですか？」

「三ヶ月前だ」

そんなにという言葉を、燕飛は呑みこんだ。閻羅王の執念に、寒さではないふるえを覚えた。

「わたくしをつれてきたのは、……このかたの弔いをさせるためなのですね」

確信を持って問いかけたが、閻羅王は愚かな者を見るような目をして薄い笑みを浮かべた。

「おまえの歌には、癒やしの力があると聞いているが、その歌で俺の心を変えられるとは思っておらぬ」

燕飛の力量を疑うような物言いだ。女性の死を受けいれて、埋葬すると決めたから、燕飛の素性を調べあげて、こんな場所までつれてきたのではないのか。

「……わたくしのことを調べておられたなら、仕事のやりかたもご存じのはず。弔いをさせたいなら、この女性のことを教えていただけますか？」

「生前のことを知らなければ、歌えぬとはな」

「泣きながら歌うだけなら、泪飛である必要はない。あなたは、わたくしがこう言うとわかっていて、選んだはずです」

閻羅王は顔を背けると、しばらく寝台を見つめてから、静かに語りはじめた。

「この女は俺の妻だ。身分のある家の末娘だったが、体が弱く、外に出たことがなかった。だから、世間はこの娘の存在を知らなかった。……俺は、かつては名もなき盗賊だった。盗みに入った屋敷でこの女と出会って、ひと目で恋に落ちた」

「美しいひとだったのですね」

遺体から生前の顔は想像できないが、見た瞬間に恋をするとはよほどの美貌だったに違いない。

「俺を見る目が気にいった。見張りに追われた俺の顔は傷を負って血まみれで、剣を握っていたというのに、この女は俺に微笑んだ……」

閻羅王が言葉を途切らせた。傷というのは、右頰にある刀傷のことだろう。

血みどろの盗賊を見たら、燕飛なら叫ぶ。閻羅王の妻は優しい性格だったのだろうか、それとも世の中を知らずに育ち、盗賊が恐ろしいものとわからなかったのか。

「この女が、外に出してくれと言った。俺は迷わず盗んだ。それから俺たちは夫婦になったが、しばらくして妻は肺の病に倒れた。長安だけでなく、神都のあらゆる薬を手にいれたが、……だめだった。死ぬ前に、妻は遺言を残した」

盗賊と家族になるなど、燕飛には理解ができない。女性は、本当は脅されていたのかもしれない。冷ややかな気持ちで「それで？」と続きをうながすと、閻羅王がいびつな笑みを浮かべた。

体の芯まで、凍りつくような思いがした。

「この世には、正義の顔をした悪が、弱い者を苦しめている。妻は俺に、本当の悪を裁き、困っているひとを救ってほしいと願った。これが、一年半ほど前の話だ」

「ひとを救うためなら、義賊のほかにも、正しいやりかたがあるはずでしょう」

閻羅王を怒らせるかもしれないと思ったが、聞かずにはいられなかった。このままでは、感情をこめて歌うことも、泣くこともできそうにない。

義賊は、悪だ。この世がよくなることを望んでいながら、閻羅王の妻はどうして別の道を歩ませなかったのだろう。

「正しいとは、狄仁傑のようにか？　だが、心ある官吏ほど法律に縛られているぞ。それなのに、武則天の甥たちは酷吏を好きに使って、弱い者を踏みつけながら人生を楽しんでいる。そんなやつらが、この国の皇帝になるかもしれないってのに、黙って従っていろと言うのか？」

女帝が即位したときから、跡継ぎを誰にするかで、朝廷は二派にわかれて争っている。

武則天の亡き夫も皇帝であり、ふたりのあいだには息子がいる。世間の噂を聞くかぎりでは、唐王朝の旧臣たちは、息子を武則天の後継者にと望んでいるが、武則天の甥たちは、自分たち武氏に皇帝の座がめぐってくるように画策しているらしい。

皇帝である武則天は娘を溺愛しており、後継者の明言を避けている。まるで、自分の死後の話には興味がないかのように、内政の充実をはかっている。

「あなたには、……武則天の甥や酷吏に、踏みつけられた経験があるのですか?」

あるときから武則天は、政治に民衆の声を反映させるため、身分を問わず、能力がある者を登用するようになった。一見良いことのように思えるが、頭の固い旧臣を排するのが目的だったとも言われている。

強引に旧臣に冤罪をきせて、罪人とする。

そのような行為を武則天に命じられたり、自発的に行ったりする者の中には、もとは罪人であった者もいた。

罪人でなくとも、無慈悲な官吏をひとは酷吏と呼ぶ。

酷吏は民から金品などを奪い、諌《いさ》める官吏を無実の罪で捕らえる。貴族にすりより、彼らの願いに応えて、莫大《ばくだい》な報酬を手にするのだ。

「俺は、曲芸一座で育った。親方が各地で子供を買い集めて、技を教えこむのだ。俺は手先が器用だったから手品をしこまれたが、体つきがしっかりしてるやつは壺人間に、愛嬌《あいきょう》のあるやつは犬人間にされていた」

「壺人間に、犬人間……とは?」

知らないのかと閻羅王が片眉をあげて、腕で円を作ってみせた。

「壺人間は、ひと抱えほどの壺を着た人間のことだ。陶製の大きな壺の底に穴をあけて、子供に頭からかぶせるんだ。横にも穴をあけて、そこから腕を出させる。子供に壺を着せたまま育てると、どうなると思う？」

「いずれ、……脱げなくなります」

「大人が壺を着ることはできないから、珍しい道化になれる。人気者になれるし、いずれ壺を割って出られる。だが、犬人間のほうは悲惨だ。……続きを聞くか？」

誰かが辛い目にあった話など聞きたくないが、弔いをするためには、閻羅王の過去を知る必要がある。それに、この男の弱みや、正体を摑めるかもしれない。

燕飛は、「是」とうなずいた。

「犬人間は、胴体に火傷《やけど》を負わされてから、獣の毛皮を着せられる。毛皮が皮膚に貼りついて、一見しただけでは獣に見える。四《よ》つん這《ば》いで走れるように訓練して、犬として育てるのだ。だが、それをやられたやつはたいてい、火傷が治る前に死んでしまう」

いたましいが、人買いに売られた子供なら誰にでもおこりうる。

両親が死んだとき、妹と弟は親類によって売られそうになった。燕飛が気づき、右聴の力添えもあって防いだが、哭女ができなくなったらふたりを養ってゆけなくなる。

「生き残ったら、犬人間として、それからどう暮らすのですか？」

「見世物になるのさ」

残酷だが、現実に起きたことなのだ。いまもきっと、犬人間として生きている者はいる。

燕飛は、ぎゅっと目を閉じた。

「その犬人間も、裕福な酷吏に遊び半分で殺された。酷吏は、俺の仲間を殺したのに、罪に問われなかった。金の力で、ひとではなく犬だったと事実をねじまげた。……だから、殺してやった。それから曲芸一座を去り、盗賊になった」

この世には、官吏なのに、民を苦しめる者がいる。閻羅王を非難することは簡単だが、他に道があったのかと問い返されたら、燕飛には答えられない。

「あなたの過去を、……このかたもご存じなのですか？」

「驚いていたよ。だが、おまえは気づいているはずだ。罪のない女が遺言のせいで殺されそうになっていたのに、官吏どもは救わなかった。やつらは、法律を守ろうとしているだけだ。それは、正義ではない」

閻羅王の言葉は、燕飛の心に一滴の墨を垂らした。

青蘭や黄偉は法律を守ったうえでひとを救おうとしているが、閻羅王はなにものにも囚《とら》われず良心に従って動くことができる。

殉死を命じられた妾は、閻羅王が遺言状をすり替えなければ殺されていた。それは、事実だ。

義賊であっても悪人だ。理解などしたくないのに、遺言を残した閻羅王の妻の気持ちが、なんだかわかった気がした。

燕飛は空気を吸いこんだ。もう、むせたりしない。煙のただよう氷の部屋に体がなじんだ。

閻羅王は嫌いだ。憎いとさえ思っている。それなのに、哀れに思う気持ちがある。燕飛は深く考えないようにして、閻羅王と妻のために、弔いの歌を歌い始めた。

「ここはとても寒いでしょう？　あなたはきっと、このまま私とふたりで、朽ちてゆきたいのでしょうね」

歌にのせて呼びかけると、閻羅王は一瞬だけ困惑した顔になったが、黙ってひとつうなずいた。

閻羅王はかつて友を亡くして、今度は妻がこの世を去った。

燕飛も両親を亡くしている。父親に続いて母親まで死んだとき、弟妹がいなかったら、どうなっていただろう。

閻羅王は妻の死を受け入れられずに、冷たい部屋に留まっている。寒いだろうにと、肩を抱いてやりたくなった。

燕飛は、妻の微笑みを思い浮かべた。妻の代わりに、にっこり笑って、小首をかしげた。

「それでは、約束はどうしましょう？　必ず叶えてくださると、誓ってくださったはずなのに」

「……誓ったけれど、……おまえが恋しい」

閻羅王が絞り出すように言った。声は、かすかにふるえていた。目の前でうなだれる男は、燕飛より大柄なのに、なんだかとても小さく見えて、包みこんでやりたくなった。

「ほんの少しだけ、先に逝くだけですよ。あなたをお待ちしています。だからどうか慌てずに、ゆっくりいらしてくださいな。それまでどうか私のために、これからも閻羅王として、たくさんのひとを救ってくださいな」

閻羅王の妻は夫の過去を知り、悪行が許される世に怒っていると気づいたはずだ。だからこそ、隠された正義感を、できるだけ良い方向に導こうとしたのではないだろうか。

それはまた、妻の死後も、閻羅王が生きてゆくための指標になる。

「いまも、愛しておられるのですね」

閻羅王が顔をあげた。その頬を、ひとすじの涙が流れていった。

「俺は、……そうだ。だが、妻は俺をどう思っていたのだろうな。俺と同じように、ひと目惚《めぼ》れだったのかもしれないが……。ただ守られるだけの生活から、抜け出したかっただけかもしれない。どうして盗賊と一緒になる気になったのか……、真実を知るのが恐ろしい気がして、……最後まで聞けなかった」

涙があふれて、こぼれていく。義賊と呼ばれ、大胆な盗みをする度胸があり、見張りを倒して、官吏の追っ手をふりきれるほど強いのに、妙なところで臆病な男だ。

「愛していたはずです。きっと、愛していました」

燕飛は、寝台の妻にうなずいてから、肩をふるわせる男の隣に座った。いまは泣いているけれど、この男はきっと妻の言葉に導かれて、これからも多くのひとを救っていくのだろう。

「……安らかに、眠らせてやろうと思う」

小さな呟きが聞こえた。

「ええ、ええ、閻羅王。どうか、そうしてさしあげてください」

閻羅王が柔らかな笑みを浮かべた。だが、その表情はすぐに氷が溶けるように崩れた。口はかろうじて笑みを形づくっていたが、苦しみに耐えるかのように眉をよせた。

「……しかし、なんとも、惜しいな。もう少し育ったら、女のふりはできなくなるぞ。哭女をやれなくなったら、その先はどう生きていくつもりだ？」

閻羅王がほんのり赤くした瞳で燕飛をまっすぐに見つめた。これまで妻にむけられていた意識が自分に移ったように感じた。なにもかも見透かすような視線から逃れたくて燕飛は顔を伏せた。

「先のことなど、いまは考えられませぬ」

「妹や弟が大人になるまでは、おまえが養ってやるのだろう？」

「ええ。そうです」

断言すると、閻羅王が顎に手をあてた。

「それなら、俺のもとに来るといい」

「えっ？」

「鍛錬はしてもらうが、いまより稼がせてやる。俺には跡継ぎがいないから、いい子にしてたら、財産を譲ってやってもいい」

「……どうして急に、そんなことを言うのです？」

「おまえの歌に惹《ひ》かれた。俺を選べ。後悔はさせない」

「ですが、家族はまきこめません」

「いまだって、汨飛のことを隠しているだろう。家族を守るために、おまえは険しい道を選んだ。だが、その道はいずれ行き詰まるぞ。わかっているだろう？」

燕飛は言葉につまって、首をふった。

「父は、官吏でした。悪いことはしてはならぬと、教えられました……」

「いますぐ決めなくていい。哭女ができなくなったとき、俺の言葉を思い出せ」

閻羅王が立ちあがり、部屋の帳を開いて、外に出た。

「帰るのなら送って行こう。今夜は明るいが、悪いやつは、どこにでもひそんでいるからな」

帳のむこうから聞こえた声に、燕飛は肩をすくめて部屋を出た。

「悪いやつとは、あなたのような？」

聞き返すと、閻羅王が苦笑しながら燕飛を抱きかかえた。

その時、燕飛はなにかが違うような気がした。

閻羅王の瞳が赤くない。瞼が腫れてもいない。氷に囲まれた部屋で、さっきまで泣いていた男とは思えない。

右頬に傷があり、まったく同じ顔をしているが、とりかえたかのような瞳をしている。

燕飛は喉を鳴らした。

同じときに別の場所で目撃されるから、神出鬼没と言われているが、同じ姿の人間がふたりいたら可能になる。

閻羅王は、ふたりいる。よく似た兄弟か、双子だ。閻羅王が曲芸一座にいたのも、ふたりが同じ容姿をしていることを、見世物に利用されていたからだろう。

だが、生まれながらにして、まったく同じ傷が顔にあったとは思えない。

妻となる女と出会った日に、どちらかが顔に傷を負った。そこでふたりの閻羅王は、自分たちが同一人物であると思わせ続けるために、あえてもうひとりの顔にも、同じ傷をつけたのだろう。

今夜の神都は、明るかった。宮殿から粗末な家々まで、あらゆる軒先に灯籠が吊るされている。赤々と輝く無数の光は、まるで地上の星のようだ。

いたるところから、にぎやかな音楽が響いてくる。獅子舞《ししまい》がねり歩く大通りは、提灯を手にしたひとたちであふれていた。

燕飛は閻羅王の腕に横抱きにされて、神都を駆けぬけた。閻羅王は屋根から屋根へと、黒い風のように飛びうつる。だが、不思議と恐怖はない。かつて父親の背中でそうしていたように、燕飛は力を抜いて、身をゆだねた。

燕飛は閻羅王の顔を見あげた。どちらが、あとから傷をつけた男なのかわからないが、その痛みを想像した。

このひとを選べたら、楽になれるのかもしれない。悪人は嫌いなのに、誘い文句をはね除《の》けられなかった。そんな自分に、燕飛はため息をついた。白い吐息が、闇に溶けた。

どんなことをしても弟妹を守ろうと思っていたが、その覚悟を閻羅王に問われた気さえした。

家からふたつ角を曲がった人影のない場所で、閻羅王は燕飛を地におろした。

「困ったことがあったら、いつでも呼べ。哭女の泪飛は恩人だ。力になる」

「いつでもなんて、むりでしょう?」

「いいや、必ず」

冗談に聞こえるが、本気にも思えた。燕飛はふっと微笑んだ。

「もう二度と、お会いすることがありませんように」

それは本心からの願いだった。閻羅王を頼ることなく、明るい道を歩いていきたい。

閻羅王は目を細めると、そっと微笑んで、闇の中に消えていった。

気配が消えてしまってから、燕飛は塀に手をついて、そのまま座りこんだ。殺されずにすんだ。手のひらを何度も握っては開いた。生きていることを確かめてから、家にむかって全力で走った。

燕飛が帰らないことに、妹たちが不安がって泣いていないか心配だ。

角を曲がると、家の門口に数人の男が立っていた。燕飛はとっさに身を隠した。

灯籠が照らす姿は、服装からして黄偉の部下たちのようだ。閻羅王の共犯者だと疑って、家を見張っているのだろうか。

燕飛は乱暴に髪を縛りなおすと、袖と裾をまとめた。家の裏側にまわって、塀の溝に足をかけていっきに跳びこえると、灯りのついている窓際に近づき、部屋のなかをうかがった。

黄偉と青蘭が、居間の円卓でさしむかいに座っていた。燕飛は驚いて、声を出しそうになった。長安にむかったはずではなかったのか。

青蘭は、見たことのない表情をしていた。瞳は険しく、唇は強く結ばれている。思わず背筋がのびるような、怖い顔だ。

燕飛は、青蘭に呼びかけようとして、ためらった。いまも閻羅王の共犯だと思われていたら、見つかったとたんに捕まる。閻羅王は、燕飛にたいする疑いは晴れていると言っていたが、嘘かもしれない。

燕飛は深く息を吸って、ゆっくりと吐いた。白い息が、窓からあふれる光に照らされた。

青蘭は、燕飛を疑わないと言っていた。

その言葉を、信じてみようと思った。

「蘭大人……、蘭大人！　俺だよ、ここにいるんだ！」

「小飛か！」

弾かれたように青蘭が立ちあがって、燕飛のほうを見た。黄偉がふり返って、窓のほうに駆けてきた。

「燕飛！　よく帰った！　怪我はないか？　閻羅王に脅されて、つれて行かれたと聞いた。いったいなにをされた！」

黄偉の激しさに燕飛は身をひきかけたが、窓越しに太い腕がのびてきて、燕飛の顔や肩をぺたぺたと触った。

黄偉の顔色は悪く、昼間に見たときと違って、瞳が優しかった。

「俺は大丈夫だよ。それよりも、妹と弟はどこにいるんだ？」

「俺の家だ。おまえがいないこの家に、ふたりきりにさせておけなかった」

「元気でいるんだよな？」

「もちろんだ」

「そっか。ありがとう。それで、……俺への疑いは解けたのか？」

黄偉は「ああ」と言ったが、表情は硬い。

「……おまえは、神都の裕福な屋敷の間取りを知っている。関係者の素性もよくわかってる。悪人にとっちゃ、生きた宝だ。……いったい、どうやって戻ってきた？」

燕飛は肩をすくめた。官吏は疑うことが仕事だ。もしも、燕飛が官吏の立場だったら、同じことを問うだろう。

「閻羅王の目的は、俺の持つ情報じゃなくて、泪飛の慟哭だったんだ。亡き妻のために、泣いてほしいと頼まれた。俺を傷つけたりしなかったのは、心をこめて弔わせるためだろうな」

「悪人の妻を、心から弔ってきたのか」

黄偉の指摘に、叱られた気がして、燕飛はうなだれた。

「いけないことだった？」

「小飛は、なにも間違っていないよ」

優しい声がした。

青蘭がすぐ側に立っていた。

ほっと息をついたら、大事なことを思い出した。

「長安にむかうんじゃなかったのか？」

青蘭は狄仁傑に会うために、長安にむかっているはずだ。

「ああ、ああ、そうだぞ！　狄仁傑様との約束をやぶるなんて、とんでもないことしやがって」

黄偉の言葉に、燕飛は心の底からびっくりした。

官吏に戻る機会を、蹴ったのか。

「どうしてだよ、蘭大人！」

燕飛は冷や汗をかきながら、青蘭の布衣にすがった。

狄仁傑は、無官の青蘭より地位がある。怒らせたら、とんでもない罰を受けるかもしれない。

「友のほうが、大事だ」

青蘭の温かな表情を見たら、燕飛はなにも言えなくなった。

嬉しい。だけど、悲しい。

自分のせいで、迷惑をかけた。青蘭のまばゆい将来を閉ざしてしまった。

どうしたらいいだろう。なにかできることはないだろうか。

燕飛はすんと鼻を鳴らしながら、青蘭に小声で告げた。

「俺さ、閻羅王の隠れ家がどこにあるか覚えてきたよ。……もう、もぬけの殻かもしれないけど、それでもなにかの役にはたつだろ。蘭大人にだけ教えるから、狄仁傑様に伝えてよ。そうしたら、約束を破ってしまったことを、少しは許してもらえるかな？」

帰り道、閻羅王に目隠しをされなかった。それは燕飛を信用したからかもしれないが、そもそも、隠れ家を知られても捕まらないという自信があるということだ。

「気持ちはとても嬉しいよ。だけど、閻羅王のことは、偉大人に教えてやってくれないか？　早く動けば、捕まえられるかもしれない。それが、この都のためになるはずだから」

燕飛は、ぽかんとして青蘭を見つめた。

なんてきれいなひとだろう。

ぼうぜんとした燕飛は、「いったいなんの話だよ」と黄偉にせかされて、ためらいながら閻羅王の居所を伝えた。

「なんだそれ、早く言えよ！」

黄偉が大きな声をあげて、すぐに探索にむかわせようと部下を呼びたてた。

門が開かれて、黄偉の部下たちが駆けこんでくる。

これで、よかったのだろうか。青蘭がしてくれたことのすべてに、どうしたら報いることができるだろう。

閻羅王がふたりいるかもしれないと、青蘭に話してみようか。泣いた閻羅王と、泣かなかった閻羅王がいた気がするのだ。

だが、見間違いかもしれない。不確かなことを告げたら、捜査を混乱させる。

「小飛、どうか顔をあげて。朝になったら、君の家族をむかえに行こう。それから皆で、新年のお祝いをすることにしよう」

青蘭の声に誘われて、燕飛は顔をあげた。

東の空が白み始めている。

まもなく太陽が昇って、神都を明るく照らすだろう。

燕飛は、喉を鳴らした。

自分にとっての輝かしいひと——家族や友達を守るためならば、どんな悪人にだって、なれる気がした。

両頭蛇

証聖元年（六九五）の一月末に、燕飛は初めて唇に紅をさした。鏡をかざすと美少女が映っている。形見の布衣を着て黒髪を簪でまとめた正装姿は母にそっくりだ。

面影に手を伸ばすと、指先の紅が鏡の中の母を汚した。なにをしているんだ。燕飛は首をふり、密命を果たすことだけ考えようと馬車の扉から顔を出した。空は薄曇りで、地には雪が残る。燕飛は自分の身を抱きしめた。

燕飛のむかい側に青蘭が立っている。黒髪を絹布で包み、青の長衣に品のよい上着をはおっていた。

「考えなおさぬか小飛？　狄仁傑様には、男の姿のままで会うほうがよいと思うのだが」

「わたくしのことは汨飛とお呼びください」

差し出された手に首をふり、燕飛は馬車をおりてから彭沢県《ほうたくけん》の役所を指さした。

青蘭は出頭を命じられている。顎に手を当てて「考えがあるんだな、汨飛」と頷いた。年下の言葉でも軽んじない。そういうところが心地よい。

青蘭が門衛に用件を告げると控えの間に通された。小間使いが湯気のたつ茶杯を運んできた。

菊花が浮かぶ金色の茶だ。甘い香りがする。青蘭が茶杯に唇をよせて、するすると飲んだ。その姿に燕飛は眉をひそめた。

狄仁傑は激怒していると聞いている。しおらしくしているべきではないのか。この男のこういうところがわからない。肝が据わっているのか、能天気なのか。

「おや、珍しいものが沈んでいるな」

青蘭が朗らかに言いながら、花を摘んで茶杯を傾けた。茶杯には白地に黄と緑の釉薬《ゆうやく》をかけてある。

中になにがあるのだろう。

燕飛はひょいと覗いて、悲鳴をあげた。

白蛇がいた。にゅるりと動いた気がした。よくよく目を凝らすと底に白蛇が浮き彫りにされている。

「蛇とはおもしろいな」

微笑まれたが、燕飛は蛇を見ても嫌な気持ちになるだけだ。

官吏が案内にやってきたので、塵《ごみ》ひとつない通路を進んで狄仁傑のもとにむかった。

「そなたの気が触れたと聞いておった」

書斎の中から年老いた男の声が聞こえた。

「お久しぶりです、狄県令《てきけんれい》」

燕飛は拝礼をしながら声の主を見た。白髪を結った男が、文机《ふづくえ》で筆を動かしている。骨ばった手だ。背筋を伸ばして座する姿には威厳がある。

県令とは、県内をまとめる官庁の長だ。たいてい中央政府から派遣された科挙官吏が、役所に居住しながら仕事をする。

「なにゆえ奇妙な格好をして、ほうぼうの葬儀に顔をだしておった？」

「亡き友との約束がありましたので」

「では、義理堅いそなたが私の書簡に応じなかったわけは？」

「目の前で、義賊に連れ去られた者がおりました。助けに行かぬわけにはいきますまい」

狄仁傑は筆洗で筆の墨を落とすと燕飛を見た。視線の鋭さに、鼓動が耳元で響いた。

「哭女の汨飛だな。義賊に連れ去られるなど、まだ幼いのに恐ろしかっただろう」

いたわりの言葉に、燕飛は立ちあがった。

「蘭大人をお許しください。狄県令との約束をやぶってしまったのはわたくしのせいです。どうか、蘭大人が再び官吏に戻れるようにしてくださいませ！」

燕飛は哭女という仕事柄、いつでも泣くことができる。だけどいまは、青蘭が復職するきっかけを邪魔した自分の情けなさで涙が出た。

「汨飛の評判は聞いておる。我が国で一番の『哭女』だとな。葬儀の場でひとの心を癒やす祈りを捧げられる優れた哭女であると。……少女に言い訳までさせて、そなたはどうするのかね？」

狄仁傑はここにきて初めて、きびしい口調で問いかけた。

「私は、二度と官吏に戻りません」

燕飛は「えっ？」と声をあげた。青蘭は真剣な顔をしている。

「わけを聞かせよ」

うながされても青蘭は答えなかった。

狄仁傑はしばらく待っていたが、無言を貫く青蘭にため息をついて話を変えた。

「去年の暮れに、両頭の蛇を見た。体が一つなのに頭が二つあった。それで、おまえのことが気にかかった。官を辞してから、ふぬけのように生きておるだろう」

「狄県令ともあろう御仁が弱気になられたのですか？『両頭蛇を見ると死ぬ』なんて、孫叔敖《そんしゅくごう》の故事にもあるように迷信でしょう」

青蘭が柔らかく断言した。

楚《そ》の孫叔敖の故事は、燕飛も知っている。春秋時代、幼い孫叔敖は両頭の蛇を見つけ、自分は数日中に死ぬのだと泣いた。母がその蛇はどこにいるのかと問うと、「ほかのひとが見ぬよう殺して埋めました」と答えた。母は「陰徳あれば陽報あり」と慰めた。ひとに知られぬ善い行いには、よい報いがあるという意味だ。孫叔敖は成長すると地位を得て、民をよく導いた。

「ひとは必ず死ぬ。私とて同じだ。だからこそ、おまえの先行きを案じておる。いま、都では武《ぶ》三思《さんし》殿が、先帝のご子息がおられるというのに、自らが皇太子になるべく画策しておる。我が国はまさに両頭蛇の如《ごと》く、いずれ国が裂けるかもしれぬ」

「私ではお力になれませぬ」

青蘭は間をおかずに告げた。

「それでは、老い先短い私の頼みを一つ引き受けてくれまいか？」

「官吏には戻りませぬ」

「そうではない。友人の死について調べてもらいたいのだ。私が自らやりたいが、県令の職をあずかる身では彭沢県を離れられぬ」

狄仁傑が北側の窓に顔をむけた。窓の外には中庭があるが、狄仁傑が見ているのは遠い場所のように思えた。

「ご友人はどこで亡くなられたのですか？」

「菓《か》県の史家村《しかそん》だ。そこで陶工をしておった。そなたらに出した茶杯を作った男だ」

燕飛はぽっかりと口を開けてしまい、急いで袖で隠した。職人の身分は低い。技術さえ学べば誰にでもできる仕事だと軽んじられている。県令という高い地位にありながら職人を親しげに語るとは驚きだ。

「捜査は行われなかったのですか？」

「強引にうちきられたようだ」

「それを再び調べようとすれば、菓県の官吏は嫌がるでしょうね。死因が違っていたとなったら、捜査にかかわった官吏は重い罰を受けるのですから」

「茶杯の蛇を見たであろう。楊宝《ようほう》が捏《こ》ねれば魂が宿ると評判の天才だった。事故として処理されたが、どうも妙だ。真実が埋もれておるなら明らかにせねばならぬ。どうせ急ぎの仕事もないのだろう。子供と遊んでおる暇があるのだから、もちろん引き受けるだろうな」

狄仁傑の言葉に、燕飛はなんだかくやしくなった。泪飛の格好をしていても子供あつかいされるのか。燕飛が一緒にいるせいで、青蘭は仕事をせよと迫られるのか。

燕飛は青蘭と役所の門を出た。冷たい風に背をまるめながら馬車に乗り、彭沢県の街を眺めた。街は城壁に囲まれており、中央に役所がある。役所の橙色《だいだいいろ》の瓦屋根が鮮やかだ。馬車は役所から延びる大通りを走って橋を渡った。街の南にある廬山《ろざん》によって、このあたりの川は長江《ちょうこう》に集まる。彭沢県を境に流れが強くなるため兵家必争の地と呼ばれてきた。書物で読んだ場所に、こうして自分の足で立てるとは想像もしなかった。

「俺さ、旅は初めてなんだよ。蘭大人がいなかったら、あの街から離れることもないしな。今回は、偉大人の実家が妹たちをあずかってくれてるし、心配ないもんな」

燕飛が口調をいつものに戻すと、青蘭が微笑んだ。

「世界は広いよ。君に、そのことをもっと伝えたい」

燕飛は肩をすくめた。

もっとだって？

もう充分すぎるぐらいの恩を受けている。報奨金の出る仕事をくれたり、妹たちをあずかってくれるように黄偉にとりあってくれたりした。燕飛がひとりで頑張っていることを、立派だと断言してくれた。そして、ふたりでいると心強いのだとまで言ってくれた。その言葉が燕飛にとってどれだけ大きな励ましになったか。

青蘭との旅行ならしたい気持ちはある。一緒にいろんなところに出かけたい。だけど、燕飛には金がないし、路銀をねだるなんてことも嫌だ。

なんで俺の気持ちがわからないんだ。

「これ以上は……、返せなくなる。蘭大人には、これ以上甘えらんないよ」

「そう言わずに。きっと君は、私のなかで自分がどれほどの存在なのかわかってないんだろうな」

「俺はそんなふうに言ってもらえるほどたいそうなことはしていない。ただの子供になに言ってんだ。……まぁいいけど。でもひとつだけ言うなら、いくらその世界というやつが広いってんでも、今回みたいに謝罪旅行でめぐるなんてのはもうごめんだよ」

燕飛は視線を逃がして会話を切りあげようとした。

「今回、君が一緒に行くと言ったのは、泪飛として狄仁傑様の前で泣いてほしいと誰かに頼まれたからだね？」

青蘭がきゅっと眉間にしわを寄せた。

燕飛は鼻を掻いた。白粉《おしろい》がかゆかった。哭女の仕事は素顔でやるから、今日は特別だ。女物の服や化粧は、偉いひとの前に出るから礼儀としてやったことだ。

「俺も、そうすべきだと思ったからさ」

「偉大人だな。あのひとは昔から、私のことをなにもできない弟のように思っているからな」

青蘭の言うことは当たっていた。青蘭に狄仁傑から召喚の書簡が届いてすぐ、黄偉は燕飛の家に来た。青蘭は謝罪に行くが、狄仁傑の怒りは凄《すさ》まじいという。青蘭を官吏に戻すために、『汨飛』として同行してくれと頭を下げた。

そういえば、青蘭はなぜ官吏に戻らないのか。燕飛なら飛びつくだろう。

「蘭大人は家が裕福だから、そもそも稼ぐ必要がないもんな。それなのに官吏の仕事をして、自分以外の誰かを助けるために働いてた。だから、蘭大人はそういうのがむいているように思えるんだけど」

青蘭はふっと微笑み、目を細めた。

「君を家に送ろう」

「蘭大人、ごまかすなよ」

「私が留守にしているあいだは黄大人を頼るようにしてくれ。小飛は、我が親友であった楊真士に似ているところがある。彼も君も、気がつくと危険に飛びこんでいくようなまねをするから」

「俺ってそんなかよ？」

冗談めかして笑ったら、真顔で頷かれた。

「私の体がふたつあればいいのにと思う」

ひとつは事件解決にむかい、残りのひとつで燕飛を見守ろうとでもいうのか。

燕飛は「ふぅん」と両腕を上げて、背筋を伸ばしながら狄仁傑の顔を思い浮かべた。狄仁傑は汨飛にたいして優しかった。子供だと思われていたからだ。

そして、楊真士のことを思った。

ずるいよな、死んでたら勝てないじゃないか。

だけど、俺にもできることはある。青蘭の隣に立てるようなおとなになれるはずだ。このまま引き下がるなんて嫌だ。

「それなら俺も行くよ。蘭大人の手伝いをしてやる。それで、ともに神都に帰ろうぜ」

「君をつれてか……、いけないよ。哭女の仕事があるだろう？」

「いまの俺は偉大人の雇員だ。周旋屋には哭女の仕事をしばらく休むと話をつけてある」

「菓県の官吏がどう動くかわからぬのだ。乱暴なことをしてくるかもしれぬ」

「俺をそのへんの子供と思うなよ。これまで俺がどんだけ葬儀の修羅場をくぐってきたと思ってんだ。蘭大人ならわかるだろ！」

青蘭は難しい顔をして彭沢県の役所の方角を見た。

「家には帰らない」

燕飛は腕を組んで言いはった。

「これ以上、自分に都合よく君をふりまわすわけにはいかない」

青蘭は苦しそうな表情をした。

なんだよそれ！

燕飛はかっとなった。

「俺にだってできることはあるだろ。俺がしたいって言ってるんだ！　させてくれよ！」

帰路には沈黙が落ちていた。

青蘭は難しい顔をしている。燕飛はときおり青蘭の顔をちらりと見るが、視線があいそうになるとそらした。

気まずい。

なんでこんな、喧嘩したみたいな雰囲気になってんだ。

なにも言わなきゃよかっただろうか。だけど、燕飛のほうが青蘭と出会って得をしているのは確かだ。

だから燕飛は、ただ青蘭の助けになりたいだけだ。

守られてばかりじゃ、居心地が悪いんだよ。

青蘭のためにやれることがあるなら、俺はやってやりたいんだよ。

それなのに、どうして伝わらないんだ。

「……私は友を失ってから後悔ばかりしている。君をつれていくのも、間違いかもしれない」

女帝が治める神都の城壁が見えたとき、青蘭がぽつりと言った。

「俺が行きたいって言ってんだ。いいから諦めてつれてけよ！」

たまらず燕飛が「東へ！」と御者に指示すると馬車は進路を変えた。このまま城壁をくぐって家に置いていかれることだけは絶対に嫌だった。自分が役に立つということを、隣にいる意味があるということを、なんとしてもわからせてやらねばなるまい。燕飛の頑なな意思を乗せて、馬車は洛河《らくが》の流れに沿って街道を進んだ。

青蘭は反対しなかった。

村々を通り過ぎて、日暮れ前に菓県の都に到着した。煉瓦《れんが》造りの門を抜けて市場にゆき、そこで宿をとった。

翌朝、燕飛は服装を少年のものに戻した。馬車は目立つから、ここからは歩きだ。楊宝がいた史家村の場所をひとに尋ねながら進む。

史家村は昔から陶工の多い村らしい。林道を抜けると、土と煉瓦で造られた家が集まっていた。楊宝の家は坂道の途中にあった。家を囲む石の壁は、青蘭の背よりも高い。

門が開いていたので燕飛と青蘭は庭に入った。棗《なつめ》の木の側に立派な母屋があり、隣に小屋がある。庭には、一枚の枯葉も落ちていない。

「ごめんください」

青蘭が呼びかけると、母屋の奥から軽やかな足音が聞こえた。

「あら、どなた?」

二十代後半の痩せた女のひとだ。白い衣服を着ている。喪に服しているのだ。部屋の奥からふわりといい匂いがする。昼食の支度をしていたのだろう。

「見かけない顔だな。小春《しょうしゅん》に何の用だ?」

小春と呼ばれた女の背後から男が姿を見せた。がっちりとした顎をして、まるで獰猛な犬のようだ。癖のある髪を後ろで結わえ、紺の布衣の上に厚手の羽織をひっかけている。小春の兄だろうか。

「私は青蘭、こちらは燕飛と申します。楊宝さんの家はこちらですか?」

「楊宝なら、去年の秋に死んじまったよ」

男が吐き捨てるように言った。

「我らは主人の命令で、楊宝さんの死について確かめにまいりました」

「主人ってのは誰だ？」

「白蛇の茶器を持っている者です。我が主は楊宝さんを友と呼んでおりました。どうか話を聞かせてください」

「なんだそりゃ」

男は険しい表情で皮肉げに言ったが、小春は目を見開いて輝かせた。

「夫の器を気に入ってくださっただけでなく、こうしておふたりを遣わしてくださるとは！」

「楊宝さんがどのように亡くなられていたのか、詳しく教えてくださいますか」

「夫は頭の後ろに傷があって、殴られたみたいに深くへこんでいたんです！」

小春は言葉をあふれさせたが、男の手がそれを制した。

「そこの工房で倒れていたんだ。官吏が言うには、ひっくりかえって頭を打ったんだろうとさ。血の固まりかたから見て、死んだのは夜中だとよ」

「それでは、最初に楊宝さんの遺体を発見したのはどなたですか」

「俺だよ。朝飯を食ってから工房に来て……、小春を呼んで、役人に知らせた」

「失礼ですが、あなたは楊宝さんとどのようなご関係なのですか？」

「一番の親友だ。史進《ししん》って名だ」

燕飛は顔をしかめた。親友の死後に、遺《のこ》された妻となにをしているのだろう。燕飛の視線に、小春が柔らかいまなざしで微笑んだ。

「夫が亡くなってから、近所のひとたちが気にして顔を出してくれるんです」

「叫び声とか物音とか、そういった変わったことはありましたか？」

「わかりません。夫は昼夜をとわず土を捏ねていました。あの夜も、私は先に休んでいたのです」

「盗《と》られた物はありましたか？」

「それが、なにも」

「事故ではなく、強盗でもないのなら、楊宝さんは命を狙われていたのでしょうか」

「恨まれるようなひとではありませんでした」

小春が言葉を途切れさせて、うつむいた。

「工房を見せていただいても？」

青蘭の言葉に小春が袖で目尻をぬぐって「こちらに」と工房にむかった。燕飛は小春と青蘭を追いながら史進をふり返った。

史進は母屋に残ったまま青蘭を睨んでいる。まだ信用されていないのだ。

燕飛は工房に入り、そこで目にした物を見て思わず飛びのいた。

獣がいた。翼と、二本の角がある。体高は、燕飛の顎くらいだ。体は牛だが、顔は人間に似ている。赤く塗られた顔は眉がつりあがり、開いた口には鋭い牙があった。

冷や汗をかきながらよく確かめると、陶器で作られた獣だとわかった。

またかよ。

燕飛は舌打ちしかけた。楊宝に驚かされるのは白蛇に続いてこれで二度目だ。

「いまも工房を使っておられるようですね？」

青蘭が言った。

「夫は依頼をたくさん受けていましたから、残した仕事を陶工の仲間にひき継いでもらっているのです」

「史進さんですか？」

「ええ。私にとって兄のようなひとです。楊宝も慕っていました。ふたりは私の父の弟子で、私たちは幼いころから親しくしていたんです」

燕飛は青蘭の隣に並んで、工房の中を見まわした。

格子窓から光が室内を照らしている。窓の側に長机と水桶《みずおけ》がある。机には手のひらほどの皿が横一列に並べてあった。西側の棚には素焼きの陶器が置いてある。碗や杯、壺や瓶、それにひとや動物の形をしたものもあった。

棚にはところどころなにも置いていない場所がある。これから先、楊宝の作る陶器が新しく並ぶことはないのだ。なんだかさみしい。失われるということは、こういうことか。

工房の扉が開いて史進と数名の男女が入ってきた。

「楊宝のことを調べに来たそうだが、いったいなにが目的だ！」

腰が軽く曲がった老人が、青蘭と燕飛をじろじろと見た。

「あ、村長さん、このおふたりは……」

小春が村長に耳打ちをした。村長の目が見開かれた。

「なるほど、一年で一万を超える罪人を裁いて、誰も冤罪を訴えなかったあの御仁の使いか。調べると言うならやってもらおう。わしらには、もうできぬのだから」

「禁じられているのですか？」

青蘭の言葉に、村長が大きく息を吐いた。

「犯人が見つからぬから事故としおった。時間をかけるべき事件はまだあるからと」

「私たちはこの村の方々にお話を聞きたいと思っております。できますでしょうか？」

「よろしければ我が家にご滞在ください。どうか犯人を見つけてください！」

小春が青蘭にすがりつくと、史進が靴の先で床を叩いた。

「そいつはよくねぇな。女がひとりで住んでる家に、よそ者を泊まらせるなんて」

「それなら、おまえの家はどうだ。小春のところで心配なら、おまえが客人をお泊めせよ」

史進が唸《うな》ると、村長が咳払《せきばら》いをした。

「史家村の者はできる限り協力しますぞ。そうだ、村の宴《うたげ》におこしくだされ。窯が直った祝いをするところでしてな」

村長を先頭に、燕飛と青蘭は村人たちと坂をのぼった。田畑のむこうに巨大な蛇のようななにかがある。田んぼ二つ分の長さがあり、斜面に沿って石が積まれ建てられている。

「あれって、なに？」

「龍のなきがらさ」

若い男がへらへらと笑った。燕飛は顔をしかめた。からかわれているのか。

「言葉が足りぬな。あれが李家が修理してくださった窯だ。あの中に、四千を超える陶器を入れて焼く。煙を噴きあげる姿が龍のようだから、龍窯と呼んでおる」

村長が言った。

「すごい。その李家って金持ちなんですね」

「皇族の李氏につらなる家格の高い一族だ。村の職人を支えてくださっておる。近頃、ご当主が亡くなられたが、これまでのように支援を続けてくださればよいのだが」

龍窯を眺めて首をふると、村長は歩みを速めた。

村長の家は村の広場の隣にあった。燕飛と青蘭は広間に通されて、村長とむきあって茣蓙に座る。周りでは、村人たちが机を並べて杯や皿を用意し始めた。

「小春さんと楊宝さんは、どんなご夫婦だったか教えていただけますか？」

宴の準備をするひとの中に小春の姿がある。

「あの子たちは昔から仲がよかった。年も近かったしな。小春が十歳になるころに、父親が楊宝との婚約を決めた。楊宝の才能に惚れこんで、跡を継がせたくなったのだろう」

「史進さんとも親しいようでした」

「あやつは、どうも子供のころから小春を好いとるようだった。このまま小春があの家にひとりでいたら、やがて食うのに困るようになる。物事はいいようになるものだとわしは思っておる。冬は必ず終わると」

史進の恋を応援するということか。燕飛は顎に手をあてた。史進が小春を好きだったなら楊宝は恋敵だ。激しい恋情が殺意に変わらないとも言えない。

広間には、宴のために村人が続々とやってきた。子供連れの夫婦や若い男たち、娘に体を支えられた老人もいる。

「俺はあっちに行くよ」

ひとの話を聞きだすのは得意なんだと、燕飛はにっこり笑って村人に声をかけた。

「おうおう、こりゃあ働いてねぇ手だな！」

頬を赤くした年配の男に腕を摑まれ、手のひらをべたべたと触られた。燕飛は舌打ちをした。哭女のときとは違うのだ。

「肌が荒れてりゃ、がんばってる証なのかい？　俺はこの手で妹と弟を養ってんだ」

「親はどうした」

「死んじまったよ」

「ふぅん、そしたら楊宝と同じだな。あいつもちぃせえころに両親が死んだ。縁を頼って小春の親父に弟子入りしたんだ。まじめに働いて工房を継いで、世間で名を知られるようになったってのに……。活躍を知った遠い親戚が金をせびりにきて、そのときに……」

頬を赤く染めた男の推理に、むかいに座る初老の男が苦笑した。

「親族が来たのなら村の誰かが見てるはずだ。きっと、楊宝の陶器を盗もうとしたやつが犯人さ。欲しがるやつはたくさんいたからな」

「あの、陽宝さんって、どんな物を作ってたんですか？」

燕飛が年配の女に問うと、彼女は机の皿を指さした。

「食器もやるが、たいていは明器《めいき》だよ。死んじまったひとが墓の中でも寂しくないように、入れてやるものさ」

白髪まじりの男が床を叩いて燕飛を呼んだ。

「ぼうやは見たことねぇだろうな。いろんな明器があるんだぜ。水田に井戸、邸宅に楼閣、楽舞《がくぶ》俑《よう》とか鎮墓獣《ちんぼじゅう》、神将に天女、等身大の馬や兵士に友人や飼い犬だって、俺たちゃ依頼がありゃなんだって作んだ」

「墓の中に入れるんじゃ、せっかくすごいのを作っても世間に知られないまま？」

「すごいと言われなくたって、土を捏ねるのはいいものだ。どうだ、やってみるか？　俺もおまえくらいのときに弟子入りしたんだ」

「俺が、なにかを作る……」

燕飛は自分の手を見た。哭女は女の仕事だ。男と気づかれる前に辞めねばならない。葬儀の場で明器を見たことがある。それを作るとは考えもしなかったが、哭女のほかにできることがあるのかもしれない。

「だけど楊宝さんは特別だろ。まさに神業ってやつだ。龍の水差しはすごかったな。誰に頼まれたか教えられないって言われちまったが、いまはどこにあるんだろうなぁ」

ひとりで酒を飲んでいた青年が唇を舐めた。

「なんで教えられないって言ったんだい？」

燕飛が声をかけると青年が眉をつりあげた。

「あぁ？　口止めされてるってさ」

「それって誰に？」

「知るかよ！　楊宝さんと最後に窯入れしたときだ。俺が窯に運びますよって声をかけたら、触るなって叱られた。なんで怒鳴んだって言ったら、楊宝さんが慌ててさ。特別な依頼品で、ようやくできたんだって話してくれたよ。あのひとを手こずらせるなんて、誰に頼まれたか聞いたけど言えねぇってよ！」

青年の声はだんだんと大きくなった。

「そんな水差し、見てねぇぞ」

史進が青年の襟首を摑んで顔をよせた。鬼のような顔に青年は逃げようとしたが、燕飛が両腕を広げてはばんだ。

青蘭と村長、小春だけでなく、村人すべてが青年を囲むように集まった。

「どんな水差しだったんですか？」

燕飛の言葉を無視して、青年は助けを求めるように村人たちを見た。

周りの者は誰ひとりとして動かない。

「え、えっと、龍の頭が注ぎ口になっていて、鱗《うろこ》のある胴体が把手《とって》になってたんだ。龍の尻尾が、水差しの胴に絡みついてたよ」

「よくわからぬな。その目で見たなら、絵で描いてみせよ」

村長が手を叩いて使用人を呼び、筆と紙を持ってくるように命じた。青年はそわそわしながら首をふった。

「見たって言っても、ちらっとだけだ！」

「わかるところだけでいい」

村長が机の上に紙を置いた。竹を材料にして漉《す》いた薄黄色の紙だ。

青年は唸ると酒をあおり、筆を取った。描く線はふるえていた。

紙の上で、ぱかっと口を開いた生き物が、壺のような物に絡みついている。

「楊宝はなにかを作ってたんだな。秘密の依頼をしたやつが殺して奪ったのか……。水差しの行方をつきとめれば、事の真相がわかるかもしれない。俺は、楊宝を殺したやつを、どうしても許せねぇ」

「捜査が終わってしまったいま、水差しのことを官吏に伝えても相手にされぬぞ」

村長の言葉に、史進が顔をこわばらせた。

燕飛は眉をよせた。史家村のひとたちは真実を知りたいだけだ。それなのに官吏が邪魔をするのか。強い立場にあるのなら、弱い者を助けるべきではないのか。

青蘭の手が燕飛の背を軽く叩いた。ふり仰ぐと、青蘭は眼光強く、口をひき結んでいた。

「官吏の不当な仕打ちに、なにもせずに諦めるなどあってはならぬことです」

重々しい口調で青蘭が言った。


日が落ちて一気に寒くなった。耳が痛かったが、空気が澄んでいて星がきれいだ。月明かりを頼りに、燕飛と青蘭は史進の背を追った。石壁に沿って坂道をくだり、門をくぐった。柚子《ゆず》が植えられた庭のむこうに、四角い二階建ての家がある。

史進が扉を開けると、五十代半ばの女が奥から出てきた。瞳の鋭さが史進と似ている。

「お客さんかい？」

「ああ、母さん。村の客人だよ。泊めてやってもいいだろ？」

「いいけどさ、たいしたことはできないよ」

「突然お邪魔して申し訳ない。寝る場所だけあれば充分ですから」

青蘭が拝礼すると、史進が笑った。

「汚《きた》ねぇが部屋はあるから心配するな。茶でも淹《い》れてやるよ。母さんも飲むかい？」

「それじゃあ、いただこうかね」

母親が肩をすくめて莫蓙に座った。燕飛と青蘭も同じようにして、母親と机を挟んでむきあった。史進が台所に行ってしまうと部屋に沈黙が落ちた。

気まずい。燕飛は少しでも場が明るくなるようにと、母親に声をかけた。

「ええと、史進さんって、ちいさいころから土を捏ねるのが好きだったんですか？」

「ああ、そうさ。小春の父親が作る陶器が好きでね。だから弟子にしてもらったのさ。最初は門前払いを食らってたが、拝み倒してね。死んだ夫は私塾で教えていたが、史進は勉強が嫌いだったから……。ひとさまにお見せできる陶器が作れるようになったのも、親父さんが厳しく教えてくれたおかげだ」

「それだけ、本気だったってことだね」

燕飛が微笑むと、母親も口元をゆるめた。

「なんだよ、俺の話をしてるのかい？」

史進が盆に茶杯を載せて戻ってきた。

「ああ、そうだよ。あんたには、あの家に恩があるんだってね」

「俺にできることはなんでもするつもりさ」

史進が机に茶杯を置きながら、燕飛にむかってにやりとした。

「それで、おまえはどうしてお偉いさんの使いなんかをやってんだ？」

「使いは蘭大人だけさ。俺がいま、ここにいるのは、友達だからだ」

「普段はなにをやってんだ」

「ま、いろいろと」

燕飛が肩をすくめると、史進はまばたきをした。

「やりたくない仕事ってわけか」

「たいていのひとはそうだろ。俺にだって昔は夢があった。けど、両親が死んじまって、妹たちを養うために稼がなきゃならなくなった。だから、俺にできる仕事にとびついた。選ぶ余裕なんてなかったんだ」

「あんたは、いい子なんだね。この家ではゆっくりしておいき」

史進の母親が燕飛の手を握った。かさついた肌だが温かい。燕飛が頷くと、母親は「先に休むね」と三人をおいて部屋を出ていった。

足音が聞こえなくなってから、青蘭が茶杯をとんと机に置いた。

「楊宝さんに水差しを依頼しそうな人物に、心当たりはありますか？」

「あるといえば、ある。工房と取引のあった商人だ。けどな、そうだとしたら小春がなにも聞いてないってのがおかしい。楊宝は土を捏ねるほかは面倒だと言って、商人とのやりとりは小春に丸投げだったんだ」

「なぁ、どうして依頼したひとは、楊宝さんに口止めなんかしたんだろう？」

茶を飲みながら燕飛がこぼすと、史進が鼻の頭を掻いた。

「職人ってのは、ときおり秘密の仕事を受けるんだよ」

「たとえば？」

「俺はずっと前に、惚れた女に似せて人形を作ってくれと頼まれた。女には夫がいるから想いを明かすことはできないが、好きだという気持ちを形にしたいとな。噂がたつのはまずいから内緒にと頭を下げられた。俺を信じて打ち明けたんだ。それがなかったら妙な依頼は断るんだが」

史進が言葉を途切れさせて、腕を組んだ。

「あと、仕事を命じられたら、やりたくねぇとは言えねぇ相手ってのはいるな」

「それって？」

「李家だ。この村の陶工なら、誰であっても逆らえない」

「訪ねてみましょう」

青蘭が立ったが、その腕を史進が摑んだ。

「もう夜だぞ。こんな時間にふらりと行って、お会いできる身分の御仁じゃねぇ。手はずは整えてやる。今日は、もう休むんだな」

史進にうながされて、燕飛と青蘭は階段をのぼった。史進が部屋の扉を開いて、顎を動かした。寝台はあるが、物置部屋になっている。籠や衣裳箱のほかに、棚に納められた巻物に布がかけてあった。

「おまえたちが逃げださねぇように、鍵をかけとくからな」

史進が冗談めかして扉を閉じた。ぶっそうなことを言うんだなと、燕飛は肩をすくめた。まだ完全に信用されているわけではないのだ。

板戸が閉じられた窓の隙間から月の光がさしこんでいる。燕飛は寝台に寝転がった。青蘭が燕飛の足のほうに頭を置いて、一つの寝台に横になった。身分の違いはあるが友人だから遠慮はなしだ。

「……蘭大人は、どうして官吏になったんだ？」

燕飛は腕を組んで天井を見あげた。

「ああ、それは、狄仁傑様に勧められてね。父の跡を継いで官吏になるか迷っていたら、善い行いをせよと諭された。地位を受け継ぐことをあたりまえだと思っていないからこそ、いい官吏になるだろうとね。使命のようなものを感じたよ」

女帝が治めるこの国には、隋《ずい》代から受け継いだ律令《りつりょう》制度がある。皇帝の前では誰もが平等であるという考えによって、国に仕える役人は科挙という試験を経て採用される。受験資格の制限がないので誰でも挑戦できるが、競争は激しい。二千人にひとりしか、合格者が出ないこともある。

しかし、すべての役人が科挙に合格しているわけではない。青蘭のような高官の子弟は、身内の官位に応じて任官される。政治の実権はいまも貴族が握っている。貴族は、科挙出身者よりも高い地位につける。

「そっか、蘭大人って、官吏になる前から狄仁傑様と知りあいだったのか」

「私の父と親しかったから、幼少のころからお会いする機会があってね。私に、蛇の話をしてくださった。小さな蛇でも成長すれば、やがて龍になって天に昇るのだと」

「憧れてた？」

「そうだね」

「でも、官吏に戻らないんだろ。なんか、もったいないな」

青蘭に背をむけて、燕飛は軽くまるまった。

「おやすみ、小飛」

燕飛は返事をせずに瞼を閉じた。

彭沢県の役所を出てから、なんだかずっともやもやする。そのせいで、青蘭とうまく話せない。燕飛は、青蘭に恩義を感じている。してもらったことを指折り数えれば片手ではとても足りない。それなのに青蘭は、燕飛の存在がさも大きいかのように言っていた。なぜそう思うのかがわからなさ過ぎて据わりが悪い。

それ以外にもある。燕飛の夢は、科挙に合格して官吏になることだった。それを青蘭は知らない。燕飛が言ってないからだ。

だって、知られたくない。

燕飛が欲しかったものを青蘭は簡単に捨てられるのだ。

そんなことにこだわっているのかと笑われたら、なんだかくやしい。青蘭が言うはずないと、わかっているけれど。


朝になってから、燕飛と青蘭は史進につれられて村長の家を訪ねた。使用人は困った顔で「役場だよ」と微笑んだ。史進が舌打ちをして、くるりと背をむけると走りだした。

燕飛と青蘭は慌てて史進を追った。役場は瓦屋根と煉瓦の壁で造られていた。史進が中に飛びこむと、官吏が立ちふさがった。

「おい！　今度はなにをする気だ」

「村長を探してるだけだ！」

史進の大声を聞いて、役場の官吏たちが腕まくりをして近づいてきた。棍棒《こんぼう》を握っている者もいる。史進が唸り声をあげた。

乱闘になるんじゃないだろうな。燕飛は喉を鳴らして、役場から逃げるか迷った。

そのとき、役場の奥から村長が駆けてきた。

「史進、こちらへ来なさい！」

村長は史進を近くの部屋にひきずりこんだ。扉が閉じられる前にと、燕飛たちも官吏の間をすりぬけて駆けこんだ。机と椅子しかない小さな部屋だ。青蘭が扉を閉じた。

「なぁ村長！　李家のご当主に会うための口利きをお願いしたい。青蘭と燕飛がやってることは、いずれ官吏や当主の耳に届く。そうなる前にどうか頼むよ」

「声をおさえよ。……おまえも水差しの話を聞いて、李家があやしいと思ったのか？」

「ああ、そうだ。口止めなんてことができるのは、たいてい力のあるやつだ。李家に献上品を届けるってことにしてくれりゃいい。あとは俺たちでうまくやる」

「ならぬ。李家には関わるな」

村長が史進をねめつけた。

「なんだよそれは。村長もあやしいと思ってんだろ。それなのに見過ごすのか？」

「説明せずともわかるだろう？」

「わからねぇな。言ってくれよ」

史進が扉に背をつけて、腕を組んだ。

「わしはおまえを幼いころから知っておる。やんちゃだが村のためによく働き、頼りになる男だ。だからこそ、もうあんなことにはなってほしくない」

「かまうもんか。楊宝の無念をはらせるなら、痛みなんてどうってことねぇよ！」

史進が壁を殴った。土壁がはがれて、乾いた音をたてながら床に散らばった。

「あの、なにかあったんですか？」

燕飛の言葉に村長が頷いた。

「捜査の打ち切りが決まってすぐ、史進はこの役場に怒鳴りこんだ。捕らわれて、何日も鞭で打たれ、血にまみれた。見ているこちらが倒れそうだった」

「傷ならもう治ってんだよ」

史進が布衣の襟を開いて背中をさらした。左肩から腰にむかって、赤い傷跡がいくつもある。

燕飛はぞっとした。真実を確かめてくれと訴えても、官吏にとって都合が悪ければ力ずくで黙らせるのだ。

「わしには村を守るという役目がある。楊宝を殺したのが李家の者だとしたらなおのこと、知らぬままでいるほかない」

「名のある家に生まれりゃ、悪いことをしても許されるのか！」

「……村への支援を打ち切られたら困る」

村長の言葉に、史進がぽかんと口を開けた。

「村を滅ぼすわけにはゆかぬ」

村長は部屋を出ていった。史進が床に座りこむ。燕飛は青蘭を見あげた。

「これ以上、あなたにご迷惑はおかけできません。李家には私たちだけで伺ってみます」

青蘭が手を差し伸べるが、史進は首をふって自ら立ちあがった。

「李家はひとの出入りに厳しい。それに、父親が亡くなり息子が新しい当主になったが、喪に服していてよほどのことがなけりゃお会いできないぞ？」

青蘭が悩ましそうに瞼を閉じた。

助けたい。役に立てると思ったから一緒に来たのだ。

布衣の袖を握ったとき、燕飛は気がついた。

「喪に服してるんだよな。それなら考えがある」

「なにをしようってんだ？」

燕飛は、にこっと笑った。

「喪服を着るのさ。貸してくれるだろ？」

青蘭が「あ」と言った。史進が青蘭の肩を抱いた。

「なるほどな。わざわざ弔いにきた客を、門前払いはできないからな」

「それじゃあ、私が史進殿の喪服を借りうけて、李家の現在の当主から話を聞こう」

「待ってよ。俺も一緒に行くって」

青蘭と史進が部屋を出ていこうとしたので、燕飛はふたりの袖を摑んだ。

「でもな、俺の喪服は一枚きりだ。ほかのやつに借りたら噂はすぐに広まるぞ。そしたら怒った村長に追いかけられて、縛られて納屋にでもいれられちまう」

「お母さんに借りるんだよ！　それを俺が使わせてもらう」

「男のおまえが、女の喪服を着るってのか？　そりゃあ、おまえならごまかせるかもしれねぇが」

「俺を信じろよ」

燕飛が迫ると史進は押し黙った。燕飛と青蘭は史進の家に戻り、喪服を借りた。

白い単衣の喪服を着て、麻の帯を締める。燕飛は青蘭が着替える音を聞きながら、髪を一度ほどいて竹の簪でまとめなおした。

喪服をまとうと気持ちが引き締まる。鏡に自分の顔を映した。哀愁をおびた眉と、濡れたような瞳が映っている。

自分であるはずなのに、別人になったような心地がした。

燕飛は鏡に触れた。鏡のむこうの自分と、指先を通じて繋がった。

いまこのとき、この世から燕飛は消え、泪飛という哭女があらわれた。


史進とは李家の近くで別れた。教えられたとおりに川を越えると寺が見えた。角を曲がると、丘の中腹に立派な屋敷があった。門の詰め所に守衛がいる。

「お悔やみをもうしあげにまいりました」

燕飛と青蘭が重々しく拝礼をすると、門が開かれた。庭には、池と果樹園があった。邸内の敷地には家屋がいくつか建てられている。

使用人の案内で宗廟に到《いた》った。一族の祖先を祀る場所だ。位牌が並ぶ祭壇には、冬の果実や酒などが供えてある。

祭壇の前で、若い男が膝をついて祈っていた。使用人が「ご主人様」と呼びかけるとゆっくりふり返った。顔色が悪い。食欲もなく、よく眠れていないのだろう。

燕飛は男を哀れに思いながら祭壇を拝んで、弔いの歌を口にした。

「あなたに救われた者は数知れず、しかし、その徳の高さは泰山をはるかに越えて、天帝のお耳に届いていることでしょう」

「……あなたは、いったい？」

「彼女は神都で評判の哭女、泪飛ですよ」

燕飛が歌う傍らで、青蘭が当主に説明する。

「どうして神都の哭女が……、貴殿はどなたですか？」

「先代にお世話になった者の使いです。主人が老齢のため、代わりにお悔やみにまいりました。泪飛の歌が、お父上とあなたさまの慰めになれば、と」

燕飛はここぞとばかり、涙をぽろぽろとこぼした。当主が息を呑んだ。

「救いの手を求める者に、あなたは差し伸べ続けられました。魂が冥府へむかい、体が冷たくなってしまっても、あなたの優しさはひとの心に宿って消えることはありません」

当主が、先代の位牌に手を合わせた。

「ええ、ええ。父上はいつも穏やかで、誰からも慕われていました。怒ったところなど見たことがない。私は父上を誇りに思っておりました！」

「どうか、お父上についてお聞かせください。主人に伝えたいと思います」

青蘭はしばらく故人の話を聞きだしていた。なかなか楊宝の話にならないことに燕飛がじれてきたころ、ようやく青蘭が切り出した。

「お父上は、こういった物をお持ちではありませんでしたか？」

青蘭が懐から紙を取り出した。絵を見たとたん当主が動きをとめて、じろっと青蘭を見あげた。

「その白龍の水差しがどうしたのですか」

「ご存じなのですね？」

青蘭の言葉に当主が身を跳ねさせてから、顔をそむけた。

「いいえ、なにも！」

それはないだろう。絵を見て龍の水差しだと言った。似たような物を知っているのだ。燕飛は眉がよりそうになるのをぐっとこらえた。どうして話そうとしないのか。襟首を摑んで揺さぶりたいが、燕飛にできるのは当主の心を慰めることだけだ。

青蘭が絵の龍をそっと撫でた。

「貴殿は薄黄色の紙に描かれた絵を見て白龍だと言われた。私は、色の話などしておりませんのに」

「それは、……色の塗られていない絵ですから白なのだろうと思ったまで。その水差しが、いったいなんだと言うのですか」

「ある人物の死に関わっている可能性があります」

「で、ですが、私たちは、全員がその水差しから注がれたものを飲んだのです」

当主が自分の体を抱きしめた。

いったいなんの話だ。燕飛は喉まで出かかった言葉を呑みこんだ。

「どうか、お聞かせ願いたい」

青蘭が迫ると、当主は苦しそうな顔をした。

「お、叔父の邸宅での会食で、父は死にました。毒を飲んだかのように血を吐いて……。ですが私たちは同じ皿から食べ、同じ水差しから飲んだのです」

「水差しはまだ叔父上の家に？」

「そのはずです」

「案内していただきたい」

「しかし……、叔父の李靖《りせい》は、まるで自分が一族の当主であるかのようにふるまっております。証拠がないのに疑っては私の立場が危うい。一族の争いにも繋がりかねません」

当主が眉をよせた。不安に思う気持ちもわかるが、ここで引き下がるわけにはいかない。燕飛は、当主の前に膝をついた。

「真実が明らかにならねば、お父上は安らかに眠れぬのではありませんか？」

当主がぐっと唇を結んだ。

李靖の邸宅は丘を一つ越えた場所にあった。

「叔父上に用がある。開けよ」

李家の当主が馬車から呼びかけると、門番がすぐに門扉を開いた。燕飛と青蘭は当主に続いて、庭園の側にある石畳を進んだ。

「ああ、おまえか。急にどうしたのだね？」

喪服を着た五十半ばの男、李靖が、母屋から出てきた。

「このふたりは神都から父の弔いに来てくださいました。李家の大切な客人というわけですから、ご紹介すべきだと思いまして」

当主の説明に李靖はにやりと笑ったが、すぐに袖で口元を隠した。

「それはよくお越しくださった」

李靖の案内で客間に通された。円卓のある個室だ。椅子に腰かけたところで、使用人が茶杯を運んできた。

「色鮮やかで美しいですね」

青蘭が杯を手にすると、李靖が微笑んだ。

「せっかく来ていただいたのですから、杯でも、皿でも、壺でも……お望みの陶器があれば用意させますよ。近くの史家村には腕のよい陶工がいて、なんでもそろっていますから」

「では、龍の水差しはありますか？」

李靖の顔つきが変わった。

「白龍の水差しなら、いつかこちらで食事をしたさいに使っておられましたね」

当主が言ったが、わざとらしい。

「お持ちなら、ぜひとも拝見させていただきたい」

「……持っておりましたが、割れたので捨てました。白龍の水差しがご所望なら、新しく作らせましょう」

「どこに捨てたのですか？」

「さて？　片付けは使用人にやらせています」

李靖が肩をすくめた。これ以上は、知らぬ存ぜぬを繰り返すだろう。使用人に聞いても素直に話すとは思えない。水差しと楊宝の死にどんな関係があるのか。ここまで辿《たど》りついたのにと燕飛はじれた。

部屋の中に沈黙が落ちたとき、ぱたぱたと足音がした。

「ねぇ、わたしもいれて！」

三歳くらいの幼女が扉を開けた。慌てる大人の声がするが、幼女は当主に抱きついた。

「これ、蓮花《れんか》。外で遊んでいなさい」

李靖の声は甘い。

「いやよ。遊んで」

当主は困った顔をして蓮花を抱きあげると、扉の側で控えていた使用人の前でおろした。

「大人だけで大事な話をしたいのだよ」

「いや、いやぁ！」

蓮花は顔をくしゃっとさせて、再び部屋に駆けこんできた。真っ赤な顔で、涙を流している。

使用人が追いかけるが、蓮花は机や椅子にもぐってつかまらない。

「ねぇ、あなた。遊びましょう？」

蓮花が燕飛の袖を引っ張った。見あげる瞳はまっすぐだ。自分の誘いを断るなんてありえないと、信じきっているのだろうか。

「末娘の蓮花と申します。このようなふるまいをお許しください。これからよく言って聞かせますので、今日は失礼いたします」

水差しの話を終わらせたいのだろう。そうはさせない。燕飛は暴れる蓮花の前に膝をついて、視線の高さをあわせてから濡れた頰に触れた。

「わたくしが蓮花様のお相手をいたします。みなさまは、どうか話を続けてください」

「いや、しかし」

「蓮花様にお誘いを受けました。ぜひ、お受けしたく存じます」

蓮花にむかって微笑むと、満足そうな顔をして燕飛の髪を撫でてきた。

「わたしの部屋に行きましょう」

李靖が「しかたがない」と唇を強く結んだ。

燕飛は蓮花に手をとられて部屋を出た。泪飛の格好をしていてよかった。男だったら、娘と遊ぶことを李靖は許さなかっただろう。

蓮花の部屋は別棟にあった。部屋の中は暖かく、絨毯《じゅうたん》が敷かれている。奥には寝台があり、その傍らに一抱えほどの箱があった。

蓮花が箱から布製の子猿の人形と陶製の食器をだした。白地に黄や緑の釉薬が垂らされており、色彩豊かだ。器の厚みも薄く、均等に作られている。燕飛のひと月の稼ぎで皿が一枚買えるかどうかという高級品だ。これを子供のおもちゃにできる裕福さに内心驚きながら、蓮花の言うとおりに絨毯に皿を並べた。

「じゃあ、おしゃべりして」

蓮花が子猿の人形をぐいっと押しつけてきた。部屋の隅に腰かけている使用人に視線をむけると、頷かれた。子猿の人形を使って話をすればいいのだろう。

ふと、妹が幼かったころを思い出した。遊んだ覚えがない。長男である燕飛は五歳から科挙の勉強を始めた。膨大な書物や、私塾の教師への月謝にはお金がかかる。自分のせいで家族が粗末な暮らしをしていることはわかっていた。人形なんて家になかった。

ぼんやりとしていたら、急に頬を叩かれた。

「ねぇ、やって！」

燕飛は痛みよりも、幼女に叩かれたということにとまどった。使用人は見ているのになにも言わない。

燕飛は笑顔をにこっと作った。

「食器がいっぱいありますが、蓮花様は白い龍の水差しを知っておられますか？」

「知らない。おしゃべりしてってば！」

また叩かれた。熱くてじんじんする。燕飛は痛みをこらえて、子猿の人形を握った。

「あのさ、おいら、白龍の水差しを探してんだ。どこにあるか知ってるかい？」

いつもよりひょうきんな話しかたで子猿を飛び跳ねさせると、蓮花の瞳が輝いた。

「知ってるよ！」

「それ、おいらに教えてくれる？」

子猿の耳を蓮花の口元に近づける。

「棚のなかよ。でも秘密なの。お父様がしまってるのを、こっそり見てしまったの」

「秘密なのかぁ。でも、ちらっとでもいいから、おいらも見てみたいなぁ」

子猿の手を合わせて拝むと、蓮花が立ちあがった。

「こっちだよ」

燕飛は、子猿をぴょんぴょんと踊らせた。蓮花が笑みを浮かべて走り出した。燕飛も続く。使用人が慌てて腰をあげた。

蓮花は通路を曲がって厨房《ちゅうぼう》に飛びこむと、食器棚の前で燕飛に両腕を差し伸べた。

「とどかない！」

燕飛は子猿を床に置き、蓮花を抱っこした。ずっしりと重たい。小さな手が、燕飛の胸の高さにある引き出しを摑もうとした。燕飛は蓮花をそっとおろした。

「危ないですから、お任せください」

やっとご対面だ。引き出しを開けると桐の箱があった。紐を解いて蓋を外す。

白龍と目があった。じろっと睨まれた気がした。燕飛は思わず瞼を閉じて、もう一度開いた。

水差しの白龍は鋭い眼差しをしていた。口を大きく開き、威嚇しているようでもあった。気軽に触れることなど許さないとでも言うような、誇り高さを感じた。

すごい。燕飛は開いた唇を押さえた。

「おまえ、鞭で打たれたいのか！」

蓮花に足を叩かれて、燕飛は我に返った。

幼いのになんて台詞を言うんだと驚きながら、

「少しお待ちください」

となだめると、蓮花がまた叩いてきた。

燕飛は痛みをこらえて箱から水差しを出した。じっくり調べたいが使用人たちが集まって遠巻きに見ている。

「悪いな。ちょっと借りるよ」

燕飛は水差しを抱えて厨房を走り出た。蓮花のわめき声が聞こえたがふり返らなかった。

「蘭大人、見つけたよ！」

客間の扉を開けて水差しを渡すと、青蘭が李靖を見た。

「壊れていなかったようですね」

「我が屋敷で勝手なまねは困りますな」

李靖が硬い声で言った。青蘭は気にするそぶりもなく、水差しの蓋を外して中をのぞいた。

「ああ、これぞ両頭蛇だ。暗殺に使われる茶器として聞いた覚えはありますが、この目で見るとは思いませんでした」

李靖が醜く顔をゆがませ、手を一度叩いた。

「両頭蛇を見た者の末路はご存じかね？」

扉の外から足音が聞こえてくる。使用人を呼んで、殺させる気か。ぞくっとした瞬間、青蘭が動いた。

青蘭は李靖に迫ると、太い腕を掴んでひねりあげた。大きな音を立てて李靖が床に倒された。使用人たちが部屋に入ってきたが、青蘭が「誰も動くな！」と命じた。

「ど、どういうことなのですか。両頭とは？　龍の頭はひとつだけに見えますが……」

当主が李靖を見下ろしながら、おろおろしている。

「水差しの内側が二重構造になっているのです。龍の片目に、穴が開いている。穴を押さえると、二種類の飲み物の一方を思い通りに注ぐことができる。世間では、両頭蛇を見た者は死ぬなどと言われておりますが、まったく違う。これは持ち主の殺意によるものだ」

青蘭が懐から紐を出して、李靖を縛った。

「それでは、やはり我が父は、……毒を飲まされていたのですね」

「菓県の官吏に再捜査を命じねばなりません。我が主もそれを望むでしょう」

「あなた方の主とは、いったいどなたなのでしょうか？」

当主が声をふるわせて言った。

「我が主は、狄仁傑。隠された真実を明らかにするのが、我々の務めです」

青蘭が晴れやかに微笑んだ。まるで蛇が龍となり、空に昇っていくかのようだ。燕飛は青蘭のそんな顔を、初めて見た。


燕飛は菓県の役所を出て、隣の青蘭を見あげた。

「狄仁傑様の睨んだとおり……っていうか、李家の先代が突然死んじまったのもおかしいと思っていたのかな？」

「さぁ、どうだろう。先代の当主を毒殺した罪も、その殺しの道具をそうと教えず陶工に造らせてから暗殺した罪も、両方とも李靖が償うことは確かだがね」

「楊宝さんの捜査を打ち切った官吏も？」

「そうだ。官吏は自らの判断に責任を負わねばならぬから」

燕飛は「ふぅん」と頭の後ろで腕を組み、歩みをとめた。

青蘭は三歩進んでから「どうした？」とふり返った。

「この世には、責任を負わない官吏もたくさんいるよな。蘭大人が官吏に戻ったら救われるひとがいると思うんだけど」

青蘭が眉をよせた。

「私は、君にそこまで信じてもらえるような人間ではないよ」

「なんで？　偉大人も狄仁傑様も、俺だって、蘭大人が官吏に戻ることを願ってる。なのになにがそんなに嫌なんだ」

「私はかつて、我が国のために一心に働いた。だが、そのあいだに友が死んでいた。大切な者すら守れなかったこの手で、いったい誰を救えるというのだ」

燕飛は額を押さえた。もう二度と大事なひとを失わぬために、燕飛や黄偉や親しいひとたちばかりを気にかけて、一生を終えるつもりか。

「狄仁傑様から蘭大人は期待されてる。民や国を守れるって思われてんだぞ」

「だから、私に官吏に戻れと言うのか」

表情を消した青蘭に、燕飛は息をのんだ。

「俺の父さんは小役人だった。水害を防ごうとして死んじまった」

ぐっと青蘭を見つめ、燕飛はいままで内に秘めていた思いを吐露する決意を固めた。

「俺の夢は、官吏になることだったんだ。母さんまで病で逝っちまったから、諦めたんだけど」

青蘭が二度瞬きをした。

「……それで、私に夢を託したいと？」

戸惑いの色がその声には含まれていた。

燕飛は首をふった。

「俺は、泪飛を今日で辞めるよ」

青蘭が目を見開いた。

「哭女を辞めて、どうするんだい？」

「俺も覚悟をきめる。蘭大人だけにはさせない。一緒に官吏をやろう。俺は、科挙の試験を受けるよ。合格は難しいことだってわかってる。だから先に官吏に戻って、待っててよ。必ず追いかけるから」

精一杯の笑みを浮かべた。だが青蘭の顔はこわばったままだ。

「明日からどうやって食べていくんだ」

「貯えも少しはある。なんとかするさ」

燕飛が肩をすくめると、青蘭はそれ以上なにも言わなかった。

馬車に乗りこんで神都にむかう街道をゆく。青蘭は考えこんでいるが燕飛は気にしなかった。心は、きまっている。

馬車は神都の門をくぐり、夕暮れに染まる街を駆けて黄偉の屋敷にむかった。邸宅の前で青蘭が燕飛の手首を摑んだ。青蘭は怖い顔をして門を通り、誰に断るでもなくまっすぐに黄偉の書斎にむかった。

「小飛を供につけるほど、私のことが心配だったか！」

扉を開くなり青蘭が声をはりあげたので、黄偉が書物をとり落とした。

「お、青蘭か。狄仁傑様はどうだって？」

「私は官吏に戻る。偉大人もそれがよいと思っているのだろう？」

青蘭が少しくやしそうな顔をして言った。

「あたりまえだ！」

黄偉が燕飛をちらりと見ると、いい顔をして「よくやった」と唇を動かした。

「だが、それには偉大人の協力がいる。引き続き、小飛の妹たちをこの家で預かってくれ。小飛が迎えにくるのは何年先かわからないが」

燕飛と黄偉は、そろって「は？」と間の抜けた声を出した。

「ちょっと待ってくれよ、蘭大人。なんで急にそんなこと言うんだ。あいつらには俺がついててやらねぇと！」

燕飛は青蘭の体をゆすった。

「いいや。科挙の勉強は家族を養いながらではとうてい無理だ。それに、右聴に哭女の仕事を辞めると伝えたら、君たちを借家から追い出すかもしれない。そうなったときに、妹たちをどうするのだ？　物事には慎重にむきあうべきだよ。それがわからぬほど子供ではないはずだろう？」

言い返す言葉が見つからない。官吏を目指すと言ったのは軽い気持ちではなかったが、考えが足りなかった。体がかっと熱くなった。だけどあまりにも急だ。

「まてまて！　そもそも哭女を辞めるってどういうこった？」

黄偉が声をはりあげた。

青蘭は黄偉の肩を叩いて、燕飛にむきなおった。

「書物は私のものを譲ろう。長安に、親しくしている先生がいるから紹介もできる。そこで居候をしながら学ぶといい。金もこちらでなんとかする」

「まってくれ。まって……でも、俺さ、そんなによくしてもらう理由がないよ」

「私にもそれくらい関わらせろ！　いつだってもらってばっかりでいいと思ってるわけないだろ！」

青蘭が声を荒らげた。めずらしさに圧倒されて、燕飛は唇を結んだ。

だけど試験に挑み続けて、一生を終えるひともいるじゃないか。

燕飛が襟の合わせをぎゅっと摑むと、黄偉があいだにわって入ってきた。

「おいおい、落ち着けよふたりとも。話がよくわからんが、科挙を目指すなら慌てずに、これから道を探してゆけばいいだろう？」

「なんで私が助けちゃいけないんだ！　おまえだって知ってるはずだ、私が燕飛という男にどれだけのことをしてもらったか！　だいたいおまえが小飛を雇員にして、私の心に火をつけたんじゃないか！　引き下がらぬぞ！」

見慣れぬ青蘭の熱さに、燕飛の目の奥も熱くなった。だけど泣いたりしたくなかった。燕飛が泣きたいときに泣けることを、青蘭も黄偉も知っている。

「私は一足先に待っている。いつか必ず、来てほしい」

大きな手が差し出された。

燕飛はその手を強く握って、「ああ、待ってろよ」と笑ってみせた。

探花宴

証聖元年（六九五）長安の早春、燕飛が科挙の勉学をするために神都を離れて三ヶ月がすぎた。

燕飛は朝から葬儀に参列し、祭壇前で献花の列に並んでいた。右手奥に寝台が置かれており、故人の両親と兄が遺体を見つめながら床に正座している。

「気づいてた？」

「なにに？」

燕飛は隣に並ぶ李澎に問い返した。李澎は黒い巻き毛に、白い肌をした年下の少年だ。同じ私塾で内弟子として学んでいる。いつもは浮世離れした穏やかな顔をしているが、麻の喪服を着たいまはずいぶんとこわばっている。

「こら、李澎、燕飛も。黙って歩け」

少し年長の学友、周逢《しゅうほう》が燕飛たちをたしなめながら、先頭に立つ白髪の老爺《ろうや》、康怜豊《こうれいほう》の背中に腕をまわした。

康怜豊は燕飛が通う私塾の老師で、同年代の妻も一緒に並んでいる。ふたりとも背をまるめ、歩みは弱々しい。

周逢の言うとおりだ。燕飛は唇をひき結ぶ。

哭女の嘆きが宗廟に響き渡っている。

「この世に生まれて十二年。安珠《あんじゅ》は知性に恵まれました。彼女の命は何者かに奪われてしまいましたが、ともに埋葬されるご愛用の品々は黄泉《よみ》での慰めとなりましょう！」

そう嘆いて目じりを袖口でぬぐうが、涙は出ていない。

祭壇には、花々に交ざって書物と筆が供えられていた。

ああ、やはり。燕飛にはその一言であった。しかし私塾に通う少年たちにとっては違うようで、献花の列に並びながらそれぞれが驚きを口にする。

「安明《あんめい》、……あ、いや、安珠か。まさか女だったとはなあ」

「十五歳にしては体が小さかったものな。あまりにも勉強がよくできたから、疑わなかった。あいつなら、牡丹《ぼたん》を探す栄誉を賜れたかもしれぬとさえ……」

「あぁぁ！」

康怜豊の妻が祭壇の前に崩れ落ち、花をにぎりしめたまま嘆く。

「女であることを秘して……あのままお兄様の代わりに科挙を受けていれば、我が国を支える良き官吏になっていたでしょうに」

女は科挙を受けられない。安珠は性別と名と年齢を偽って、私塾に通っていた。

康怜豊の私塾は、科挙と呼ばれる官吏の採用試験を受ける者が学ぶ場である。

科挙は、隋の文帝《ぶんてい》の時代、有能な人材を公平な実力試験によって家柄に関係なく抜擢《ばってき》するために導入された。三年に一度実施されるが、受験者数十万人のうち合格者は数百人という狭き門だ。

康怜豊は老齢のため、いまいる教え子が次の試験を受けたら私塾を畳む予定だ。この最後の教え子たちのなかでは安珠が次の科挙に受かるのではないかと特に期待されていた。

科挙に合格した者は進士と呼ばれ、皇帝から祝宴を賜る。宴が行われる庭では最年少の及第者に牡丹を探して持ってこさせ、披露させるという催しがあった。

皇帝の庭園で安珠が微笑みながら、大きく赤い牡丹を小さな手で摘みとる姿を思い描いた。いまではもう叶わないからこそ、残酷な夢である。

初めて会ったときの、燕飛を見上げた安珠の勝気な瞳を覚えている。茶色の瞳は光を浴びて金色に見えた。いまは顔に白い布をかけられて、どんな表情をしているかすら知ることはできない。

「そろそろ我らの番だな」

周逢の落ちついた声にうながされ、燕飛は前に進んだ。安珠の耳もとが、布の下からのぞいている。傷は修復師によって見えなくなっていた。血の匂いも香で隠されている。

「頭を派手に割られていたそうだ」

哭女の慟哭にまざって弔問客の噂話が聞こえてくる。燕飛は背後をふりかえった。

「本来なら、私がこうなるはずだったのに……」

安珠によく似た少年が力なくつぶやいた。十五歳になる安珠の兄だ。どこかだらりとした様子をしている。彼には、科挙に合格せよという両親の期待にこたえる気はなく、妹を私塾に身代わりで通わせていた。

葬儀には安珠と同年代の女子がほとんどいないが、これはきっと、安珠自身が女の子の友達と遊ぶよりも男装して勉学に励むほうを選んだ証《あか》しなのだろう。そのことを哀れとは思わない。彼女は学ぶことを、なによりも誰よりも楽しんでいたのだから。

手を合わせながら、燕飛に犯人を憎む気持ちが湧きあがった。安珠は十四の燕飛よりも、二歳も年下だった。離れたところにいる妹と似た年ごろだ。

燕飛は、安珠の男装に気づいていた。だが、誰にも本人にも話さなかった。本人は普段から男らしさを意識してふるまっていた。

しかし、赤い唇と頬、長いまつげ、まるみのある体、高めの声、膨らみかけた胸、厠《かわや》を絶対にともにしないところ、筆を持つ手の動き、床から立つときや、歩きかたにときおり女らしさがあった。きっと、男だと信じて見ていたらわからなかったはずだ。燕飛だから気づいた。

哭女として、女として仕事をしていた経験から、男装する彼女に、ひそかに親近感さえ覚えていた。私塾の仲間であり、追いつきたいと思う天才であり、自分よりも幼かった安珠。もっと話せばよかった。心を許しあう友になれたかもしれないのに。

燕飛は並んで祈りを捧げる李澎を見た。悲しみと怒りが混ざったような顔をしている。

いったい誰が殺したんだ。

祈りを終えると、燕飛は部屋の隅に下がり聞き耳をたてた。

「頭をねらった殺人事件が続きますね。この長安で、もう三度目になるのでしょう？」

「わかっているだけで三件というだけのようですよ。頭の形がいびつになるほどだとか。ようやく官吏たちは、連続殺人事件として捜査するそうです」

噂話を聞いていて燕飛にはひっかかるものがあった。だが、うまく形にならない。

「もしも天帝がひとつだけ願いを叶えてくださるとしたら、なにをお願いする？」

李澎からの突然の質問に我に返った。

「なんだって？」

「あの子に問われたんだ。それが、最後に話したことだった」

「それで、なんて返したんだ」

李澎は顔をぐしゃっと歪《ゆが》めた。

「そのときは特になにも思いつかなくて。なにも。なにもいらないよって」

燕飛が科挙を受けると決めたとき、青蘭は、私塾を営む知己の老師に燕飛を内弟子としてくれるよう頼んでくれた。その強引なふるまいは、青蘭らしいと思う。それを聞きつけた李澎もともに長安に行くと言いだした。

李澎は裕福な家のひとり息子だ。長安への遊学は興味本位からだが、燕飛と一緒に科挙を受けると言って心配する父親を説き伏せた。

おかげで燕飛は、李澎の父親に目付け役を頼まれている。

李澎はなにもかも持っているがゆえに、なにかを必死になって欲しがった経験がない。李澎は安珠の身におきた悲劇をまのあたりにして、生まれながらに恵まれた自分の傲慢さに、いまさらながら気づいたのだろう。

科挙を受けられない女の身で、学問が好きでたまらなかった安珠は、どんな願いを持っていただろうか。男に生まれたかっただろうか。それとも、あのまま男として科挙に挑み、国すらだますことを願っていただろうか。

李澎はつぶやく。

「あのとき、僕は安明……じゃない、安珠の心の内をなにもわかっていなかった」

安珠という少女は、昨日まで燕飛たちにとって安明という少年だった。急に安珠といわれても、頭はすぐにはきりかえられない。

燕飛は李澎を見つめて首をふることしかできなかった。

翌日、燕飛は起居する私塾の暗い部屋の中で目覚めた。耳もとで虫の羽音がしたのだ。気持ちが悪い。何度も袖で耳をぬぐって起きあがった。

「ん、どうした?」

周逢がやわらかく問いかけてきた。

「いえ、……夢見が悪くて。起こしてしまってすみません」

「気にするな。まもなく太鼓も鳴るだろう」

朗らかな声だ。

周逢は、長安で出会った青年だ。おとなびた顔つきをしているが、十七歳。私塾では安珠の次に優秀であり、内弟子の中では兄のような存在で、まっすぐな黒髪と鋭い瞳をしている。ちょっと怖そうに見えるが、同部屋になったのをきっかけに話をしてみると優しく、気さくなところもある。

私塾内の噂によると、幼いころに父母を亡くしたが、優秀な頭脳を見こまれて胡人の富商の支援をうけて学んでいるそうだ。

燕飛は、科挙養子と偽っていた青年を思い出した。あの青年とは雰囲気が似ているが、印象的だったほくろがない。

科挙養子とは異なり、周逢は支援者の家族になるわけではない。胡人の富商は財産は自分の子に継がせ、周逢には官吏となって便宜を図ってもらいたいのだろう。

科挙に合格したあかつきには実の父親のような武官ではなく、文官となって法律を作るのが夢らしい。

立派だなと思う。なにもかもを失っても、自分の才能ひとつで生き延びて、官吏を目指しているのだ。

燕飛は、似たような境遇で、自分よりも優秀な兄弟子を目標としている。

朝を知らせる太鼓が鳴った。宮城の南の承天門《しょうてんもん》で叩かれている。音を合図に坊門と城門が開く。住民は坊の外の街に出られ、さらに城内と城外との通行も許される。

周逢が小窓を開ける。やわらかな光がさしこんでくる。内弟子用の部屋には、寝台が三つと、机と、荷物入れの籠が並べて置いてある。

李澎は気持ちよさそうにすよすよと横たわっている。

燕飛は舌打ちをすると寝台から降りて、李澎をゆすぶった。

だが、ぱかっと口を開けたまま目覚める気配がない。

「しっし！」

周逢の苛立った声にふりかえった。しかめ面をして、荷物入れの上で手を払っている。籠は三個、それぞれ、ひとかかえほどあり、燕飛、李澎、周逢のものだ。

「蠅《はえ》ですか？」

「小澎《しょうほう》の荷物入れのまわりを飛んでいた」

周逢が腕を組んだ。燕飛はため息をついた。

李澎の荷物入れの籠の蓋は斜めになっている。物がごちゃごちゃになって詰めこまれているのだ。もしかしたら、食べかけの菓子でも入っているのかもしれない。

「なんだか近ごろ蠅が増えましたよね」

「暖かくなってきたからだとは思うが……」

周逢は李澎の荷物入れの籠の蓋を軽く叩いた。

「ん、もう朝？」

「おまえは、もう十三歳になるのにな」

燕飛が李澎を起こすまでの流れがいつのまにか、一日の始まりの習慣となってしまった。

燕飛たちは衣服を整えてから居間にむかった。康怜豊の妻が食事を用意していた。本来なら内弟子の仕事だと思うが、この家では勉強に専念することがなによりだとされている。

今日の食事は昨夜と同じく粥だった。康怜豊は安珠の死を受けて、三日の間は私塾を休みにして、喪に服すと言っていた。食事が粥なのも喪の一環だ。

「老師、顔色がすぐれませんよ。もっと休みを長くされたほうがよいのではありませんか？」

李澎が悩ましげに康怜豊にむきなおった。

康怜豊は首をふった。

「老い先短い私はできることをせねばならぬ。たった十二で逝った安珠のためにも……」

「そのとおりです。粥など食べている場合ではない。ここは学ぶ場所なのですから、一日だって無駄にはできない。老師、しっかりなさってください」

周逢にきっぱりと言われると、誰も反論できなくなった。

科挙を目指すのであれば、これくらい自分を律して勉学に励まねばならないのだ。燕飛は周逢の姿勢を尊敬した。

「そうそう小飛、これが届いていましたよ」

康怜豊の妻が、燕飛に黄色い布に包まれた物を手渡した。手のひらよりも少し大きい布包みだ。

燕飛は受け取りながら笑顔になりそうになって、ぐっとこらえた。

「奥様をお慰めしてさしあげたいから、わたくしは今日も安珠の家に伺ってきます。なにかご用事はありますか？」

康怜豊の妻が問いかけると、

「いや、ない」

と康伶豊がけだるそうに首をふった。

「俺にできることはありますか？」

燕飛は康伶豊の妻に問いかけた。雑用でもなんでもするつもりだ。

康伶豊の妻は燕飛に微笑むと、「大丈夫ですよ。周逢の言うとおり、勉強なさい」と言った。

燕飛は頷くと、粥を急いで食べてから厨房にむかった。皿を片付け、厨房の片隅でこっそり黄色の布を開く。

中には板が入っていた。きっちりとした文字が書いてある。

『小飛よ、勉学に励んでいるだろうか。妹と弟はあいかわらず、黄偉のところで元気に暮らしているよ。私は官吏として仕事にとりくんでいる。君を待っているよ――青蘭』

友人の青蘭からだ。最後の言葉はいつも、君を待つ、だ。文というものはこんな風にたびたび送ってもらえるものか。燕飛はおもはゆくなって、鼻頭を掻いた。

そして、その書簡を懐にしまい、思いを巡らせる。

勉学には励んでいる。だが、喪中は塾を休むと老師が決めた。青蘭は官吏として、ひとを救っている。だったら俺はいまは、哀れな少女の死の謎を解く――。

燕飛は康伶豊のもとにむかい、「出かけてまいります」と告げて玄関を出た。

康伶豊の妻が手入れをしている園庭には、牡丹が咲きかけていた。

待っていろよ、安珠。必ず犯人を見つけてやる。

「どこに行くの？」

李澎の声に舌打ちをこらえてふりかえった。

「小澎には関係ない。家にいろ」

暗にお守はできないぞと伝えると、李澎がかけよってきた。

「でも、僕たちは友人だろ」

燕飛はぐっと言葉に詰まった。

「身分が違う」

「僕には友達がひとりもいない。君は僕を救ってくれた恩人だもの。もっと親しくなりたいよ。身分が違うって言うけれど、蘭大人とは友達なんだろう?」

李澎はかつて母親を亡くしてすべてを拒絶し、笑えなくなった。燕飛はそんな李澎の心によりそった。母親の死を受け入れられたのは、燕飛のおかげだと李澎は言う。

「蘭大人とは、……親しくなるまでいろいろあったんだ」

「いろいろって?」

いくつかの事件をともに解決することで積み重ねた信頼があるのだ。そう言おうとして、燕飛は顎に手を当てた。

李澎の言うとおり、青蘭とは身分は違うが友達になれた。李澎は、燕飛がこうして何度も距離をおこうとしても、慕ってくれている。

燕飛だって、生活のために地元の友達や学友から距離をおいていて、青蘭以外の友人がいない。李澎と同じだ。ならば、歩みよってみるべきかもしれない。

「これから俺が言うことを秘密にできるか?」

「する。約束する!」

燕飛は肩をすくめて、李澎の耳元に小さく告げた。

「安珠を殺した犯人を捜すんだ。俺は、どうして安珠が死んだのか知りたい。だが、用意しなきゃいけないものがあって、そいつをいまから市場に探しに行く。だから、おまえは家にいろ。邪魔になる」

李澎を試すと、むっとした声音が返ってきた。

「なんでそんなこと言うの?」

「俺が必要としているのは、喪服だ」

李澎が小首をかしげた。

「そんなの持ってるだろ?」

「女物の喪服を着て、殺されたひとたちを哭女として弔いにゆくのだ。哭女が来たと言えば、どんな葬儀でも追い払われないし、生前の様子を聞くことができる」

「僕もやる!」

瞳を輝かせて李澎が言ったが、燕飛は顔をしかめた。

「哭女だぞ。この世で、最も汚らわしいと言われる仕事だ。それに、男が女のふりをして弔いをすることが罰当たりだってのはおまえだってわかってるだろ?」

「安珠を殺した犯人を捕まえるためなら、僕だってやるよ」

李澎に迷いはないようだった。

燕飛は李澎のことを少し見なおした。ただの坊ちゃんではないかもしれない。

「周大兄はどうする？　力になってくれたら頼もしいんじゃない？」

「だけど、女装をするにはもう男らしすぎるよ。それに勉強を優先するにきまってる」

お互い目をあわせて、ふっと笑いあった。それから、燕飛は康怜豊の屋敷の玄関に戻り、

「燕飛と李澎、出かけてまいります！」

と邸内に呼びかけた。

返事がないので康怜豊の居室にむかうと、老師は青白い顔をして机にむかっていた。「気をつけて出かけるように」と言うが、目には力がなかった。肩を落として、背中をまるめている。独りになりたいのだろうとさっして、燕飛は拝礼してから李澎をつれて居室を離れた。

自分たち内弟子三人の部屋の前を通りかかったが、誰もいない。勉強しなくてはと言っていた周逢がいないなんておかしいなと部屋に入る。書庫にこもっているのかもしれないし、康怜豊の妻につきそいを頼まれて出かけたのかもしれない。

ぶぅんと耳元で羽音がして、燕飛はとっさにふりはらった。

「どうしたの？」

李澎がまばたきをした。なんでもないと燕飛は平静をよそおった。

「知ってるよ。虫が苦手なんだよね」

歩みよりながら正面から見据えられて、ぐっと言葉につまった。

「……ここのところ増えただろう？　だから気になっただけだ」

「なにが？」

「蠅がだよ」

「そうかな、気にしすぎじゃないかな」

いや、そんなことはない。苦手なものについては、人一倍敏感なものだ。

「朝だって、おまえの荷物入れの籠に蠅がとまっていたんだぞ。荷物をちゃんと片付けろよ。腐ったものとか入ってないだろうな？」

「周大兄みたいなこと言わないでよ」

「言いたくもなるよ」

「周大兄はさ、悪いひとじゃないけど、うるさいよね。べつにちゃんと籠に入れて覆っておけば外から見ればわかんないんだからいいんじゃないかな。でも、僕の片付けがそれじゃいけないって監視するんだもの」

うるさく注意されるのはおまえくらいなものだと言ってやろうかと思ってやめた。燕飛は、周逢が夜遅くまで勉学する背中を見て、何度も自分を奮いたたせてきた。ともに励もうとも言われた。なにごとにも真剣なひとなのだろうと感じるが、幼い李澎には伝わらないらしい。

「俺は、腐ったものが入ってなければそれでいいよ」

「中を見せろってこと？」

少しすねた顔をして、かまわないよと李澎が蓋を開けた。中にはぐちゃぐちゃの衣類、乱雑につめこまれた書物、立派な剣が入っていた。菓子など、生ものはどこにもなさそうだ。

「本当におまえのところの親はかまいすぎだよな。まともに武術も習ったことない子供がこんな豪華な剣をもってたら、逆に誘拐されちまうよ。俺がもってる小刀くらいでちょうどいいのに」

燕飛は剣を手にして光にかざした。ずっしりとして重たかったが、装飾が煌《きら》めいて美しかった。戦う道具というよりは、観賞して楽しむもののようだ。燕飛は李澎の剣を荷物入れの底に収めると、着物を畳んで本を積みなおした。

「そういえばさ、周大兄もすごい刀をもってるんだよ。知ってた？」

「知らない。ほら、手伝ってやったからしまえよ」

「周大兄もさ、片付けはこうするんだって言いながら荷物入れの中を見せてくれたんだ。大きくて刃こぼれもあって、迫力のある刀だったよ。父上の形見の刀なんだって。さすが武人の息子だよね」

「周大兄は、立派な刀が似合う大人になるさ」

李澎の荷物入れの籠の蓋はきっちりしまった。

「長安はさ、きっと神都より虫が多いんだ。市場に行くなら虫よけも買おうよ！」

燕飛と李澎は屋敷を出た。


空は高く、長安を囲む城壁のむこうに秦嶺《しんれい》の山並みがはっきりと見える。風は昨日よりも暖かく、うららかな春がなんだか物悲しかった。

長安城は正方形に近いかたちをしている。神都よりも広い。気をつけなければ迷子になりそうだ。長安に来てからは勉強の毎日で、外に出る用事はめったになかった。神都で哭女をやっていたときは、馬車で毎日あちこちに行っていたし、なにより自分が育った都だから、気楽さがあった。

だが、いまは違う。少しの心細さを感じる。

長安に来てすぐに康怜豊の妻に連れられて、日用品を買いにむかった。だから道はわかる。

庶民の家々や商人たちの館が並び、貴族の屋敷や寺院のむこうに主のいない皇城がある。

現在、帝位にある女帝は唐から王権を継ぎ武周《ぶしゅう》という王朝を建てた。首都を長安から洛陽に移してその名を神都と改め、大帝国を治めている。

燕飛は神都が世界で最もすばらしい都市だと信じていたが、長安に来てその思いは変わった。

長安ほど理想的な都市はないように思える。

長安は宇文愷《うぶんがい》という二十八歳の胡人によって設計された。

造営されたのは前漢王朝の時代だが、隋王朝になって街は放棄された。それをいまの形に再築したのが宇文愷で、長安は元の場所より南東寄りの地点に新たに築かれ、唐王朝に受け継がれたのだ。

宇文愷は位置をずらすことで、長安の街を長江の南、江南《こうなん》の地と繋げた。さらに西の渭水《いすい》から水を都市に引きこみ、飢饉《ききん》に備えた食糧輸送と、軍隊の迅速な移送を可能にさせた。陸路と水路が整備されたことでひとの流れが活発になり、長安は首都でなくなったいまも国際都市として繁栄している。

らくだの隊商が城壁の西の門を目指して去っていった。通りの店先から、西方の華やかな音楽が流れてくる。漢人が西域風の服装をしているのも珍しくない。

細い道を出て、燕飛と李澎はひとごみの大通りを北にむかった。

「はぐれるなよ？」

「それじゃあ手をつなごう」

李澎が手をさしのべてくる。川べりには桜の花が咲き、船がゆきかっている。李澎がひとの流れにまきこまれていきそうで、しかたなく燕飛は手を引いてやった。

李澎の手は華奢《きやしや》で、指はまだ細い。さっきは周逢を笑ったけれど、燕飛の身体《からだ》もまた男らしく成長している。自分よりも小さな手を握りながら、燕飛はそれがうれしくもあり、怖くもあった。

李澎の手を強くつかんで、市場の門をくぐった。燕飛は近くの店の人間に声をかけて、喪服がありそうな場所を聞いた。いやな顔をされたが、教えてくれた。

燕飛は古着屋の愛想のよい女店主から、女性用の喪服を二着買った。三回、「女物だね？」と問われたが、金さえ払えばそれ以上は聞かれなかった。

金は李澎が出した。本当ならば、もう少し値引き交渉ができるはずだが、言い値で払っている。そういうところが坊ちゃんだなと思うが、ちょうどいいので利用させてもらう。

「ところでさ、この長安で、なにやら奇怪な殺人事件が続けておきてるようだけど、犯人はまだ捕まってないいんだよね？」

「そうなんだよ。犯人の目星もまだつかないって言うんだから、怖くて眠れやしないよ」

女店主が喪服を畳みながら肩をすくめた。

「殺されたひとたちになにか繋がりはないの？　たとえば顔見知りだったとかさ」

「それはないんじゃないかね。だって三人は年齢も違うし、知り合うには無理があるよ。でも、なんでそんなことが気になるんだい？」

逆に問われて、どう答えるか燕飛は迷ったが、

「友達が殺されたんだ」

即座に李澎が言った。真剣な顔をしていた。

女店主が驚いた顔をして口を閉ざした。

燕飛は懐から金子を取り出すと、女店主に握らせた。

「頼む。知っていることを教えておくれ」

「あ、ああ……たしか一件目は、二十日ほど前だよ。お大臣様が殺されたんだ。唐朝で長く仕えた、旧臣派だったたっけね。だから、最初は女帝の甥たちによる仕業かと噂されてね」

「でも違った？」

「殺されたふたりめが、政治にはまったく関係のない旅芸人だったからね」

どんな商売屋でも、金払いの良い客には愛想がいいものだ。女店主はすらすらと答えてみせた。

燕飛は、まだ話を引き出せるなとふんだ。

「それで、お大臣様はどんなひとだったんだい？」

「名は石永《せきえい》。五十半ばで、気難しい性格だったそうだよ。時間でも家計でもとにかく数字に厳しくてね、毎日きっちり同じ時刻に散歩する習慣があったもんだから、時刻を告げる鐘太鼓よりも皆が頼りにしてたんだよ。だけど、その日はいつもの時間に家に帰らなかった。それでなにかあったのかと捜しに出たら、草むらの中で殺されているのが見つかったそうだよ」

「二件目の旅芸人ってのは？」

「旅芸人のほうは二十代前半で、名は劉起《りゆうき》。旅一座の男前で、いい演技をすると評判の役者だった。そのまま名も売れ始めていたってのに、ある日突然来なくなって……川べりで死体が見つかったそうだ。そのまま城壁の外で鳥葬《ちようそう》されたよ」

「鳥葬ということは劉起は拝火教《はいかきよう》だったのか。それじゃあ、話を聞かせてもらったついでに部屋を借りてもいいかい」

燕飛は喪服を抱えた。

「なにをしようってんだい」

「着替えだよ。俺たちは、犯人を必ず見つけてやると決めたんだ」

女店主は軽く目を見張ったが顎を動かして、店の奥へとうながした。

燕飛と李澎は古着屋の倉庫で、手早く衣服を脱いだ。束ねた髪をおろして、首の後ろで結びなおす。李澎の装いは燕飛が整えてやった。

李澎は燕飛より一つ年下ということもあり、日に焼けていない肌もまるみのある顔つきも、鍛えていない体も声の高さも、哭女のふりをするのにもってこいだった。

自分よりも、李澎のほうが見た目は少女らしい。

だが、それだけでは性別を偽ることはできない。

燕飛はこほんとひとつ咳払いをして、李澎にむきなおった。

李澎の口がぽかんと開かれる。

「それでは、わたくしの名は泪飛、そなたはわたくしの見習いの哭女といたしましょう」

「……ど、どうなってるの？　普段の小飛とまるで違う」

「声音やしぐさを変えているのです。やると決めたならば、演じきらねばなりませぬ。わたくしたちは安珠の死を明らかにするためとはいえ、これから家族を亡くした遺族のもとに伺うのです。失礼があってはなりません」

「わ、わかりました」

李澎のこわばった甲高い声に燕飛は眉をひそめかけたが、思いとどまった。李澎は本気なのだ。

「あなたはできるだけ黙っていること。わたくしが合図をしたら、泣いているふりをすること。約束できますね？」

李澎はひとつ頷いた。それからふたりは女店主に口止め料込みでさらに金を払い、馬車を借りて、一軒目である石永の家にむかった。

御者はふたりを哭女と思って疑っていない。

燕飛は風に吹かれながら、久しぶりに馬車に乗ったなと思った。

そして、神都でともに働いていた御者の男、范浩のことを思い返した。自分を妻にと望んでいたあの男は、元気にしているだろうか。それに、周旋屋の右聴はいまも変わらずに日々の金を蓄えているのだろうか。科挙を受けると決めてから、青蘭の采配ですぐに長安に来てしまった。あの過去があるからこそ、いまこうして安珠の死の謎を解こうとすることができる。

そう考えると、右聴と范浩が懐かしかった。もう二度と、会うことはないかもしれないけれど。


馬車は南西にむかった。最初に殺された石永の邸宅がある。

「哭女でございます。さる御仁にご依頼され、遅くなりましたが慟哭をしにまいりました」

「それはそれは、ありがとうございます」

あまり悲しそうな顔もみせず、石永の妻が燕飛に拝礼をした。

「お悔やみを申し上げます。どうしてこのようなことに……。弔いをするために、どうか詳しく教えてはいただけませんでしょうか？」

燕飛が問うと、心得ていたかのようにすらすらと石永の妻が答えた。もう何度も同じ質問をされているのだろう。

「真面目で融通がきかない性格でした。新しい王朝も女帝も認めずにおりましたから敵は多かったですよ。けれど、官吏には物取りだろうと言われました。金子も取られていないのに！　……まるで、頭が目当てかのような殺されかたをしておりました」

「頭がどんな様子だったか教えていただけますか？」

そっと口元に手を当ててから、石永の妻がきりっと表情をひきしめた。

「頭頂部が切りとられ、持ち去られていた……と聞いております。哀れみのないふるまいかもしれませんが、じっくりと傷口を見るようなことはできませんでした」

頭頂部を持ち去る。安珠の死の際に感じたひっかかりが蘇る。

「心中お察しいたします」

「簡単に言わないで。わかるはずがないわ、だってあんな恐ろしい……」

石永の妻の機嫌が悪くなっていくのがわかった。石永の妻は、夫と敵対する女帝の甥たちの仕業に違いないと考えているようだ。

しかし、誰も死の真相をさぐろうとはしていない。

やっぱり俺が犯人を見つけなければ。

燕飛は、勉学が好きだった安珠の悔しさに思いをはせて、涙を流した。

石永の妻がぎょっとした顔をした。長安でも、本当の涙を流して慟哭する哭女は少ないとみえる。燕飛は李澎に合図をしてから、唇を開いた。

「あなたを頼りにするものは多く、喪った悲しみは深く辛いものでございます」

ひどい殺されかたをした者も無念だったろうが、残された遺族の心の傷も深かろう。

燕飛は袖で涙をぬぐうと、再び妻に問いかけた。

「殺されたのは何時ごろでしたか？」

「夕暮れちかくだったかしら」

石永の妻の声から剣呑《けんのん》さが消えている。

「……私のせいかもしれない。あの日は……早く帰って来てと言ってしまったの。あのひとが習慣を変えることを嫌う性格だと知っていたのに……。どんな桁数の計算でもできてしまう頭脳があるのなら、私の誕生日を祝う時間くらい作り出せるでしょうって……叶えようとしてくれて、事件にまきこまれたのなら……」

「ご自分を責めてはいけません。悪いのはすべて犯人なのですから」

石永の妻が目を閉じて息を吐いた。誰かに、そう言われたかったのだろう。燕飛は「あなたさまのせいではありませんよ」といたわるように重ねた。

聞き出せるのはここまでだろう。燕飛は石永の位牌に拝礼をすると、李澎を伴って屋敷の外に出た。李澎のほうをふりかえると、驚いた顔をして燕飛を見ている。

「どうしたのですか？」

「……別人みたいだ」

「当然ですよ。いまのわたくしは、泪飛です」

「でも次は、役者たちだろ。見破られちゃうかもしれない」

燕飛はふっと微笑んだ。これが最後の仕事だ。哭女の泪飛は神都随一と評判だった。この長安でも、その名を汚すことは絶対にしない。

李澎が先に馬車に乗り、燕飛に手をさしのべた。燕飛が小首をかしげると、李澎は我に返った顔をして、慌ててその手をひっこめた。

「急いでるんだ。手短にしてくれよ」

一座を訪ねてみると、宿屋ではすでに旅に出る支度が始まっていた。座長の男が、なまりのある漢語で話しながら腕を組んだ。漢人と胡人が交ざった一座のようだ。座長の背後で荷造りする座員たちが、喪服姿の燕飛たちをちらちら見ている。

殺された役者のために慟哭しに来たというふたりを珍しそうにしている者もいれば、神妙な面持ちの者も、面白がっている者もいる。

「どこかに行かれるのですか？」

「座つきの役者が殺された長安じゃあ縁起がわるい。それなら次は神都だ。大帝国の首都で名をはせれば、女帝の前で演じることだって夢じゃないからな」

確かにそうだ。燕飛も、かつては神都随一の哭女と呼ばれていた。それは、世界で一番という意味をふくんでいる。

「亡くなられた劉起さまは、どのような御仁だったのでしょう？」

「劉起？　ああ、哭女にはちゃんと本名を伝えておかなくちゃならないな。劉起は芸名だ。本当は、康徳《こうとく》ってんだ」

「康という名字……、それではやはり胡人だったというわけですね」

「そうさ。だが、ずいぶん血が混ざってるから、漢人と胡人のちょうど良いところを集めたような男だったよ。やる気もあって、小さいころから目をかけていた。あいつはどんな台本だって、一晩もあれば完璧に覚えちまったんだ。生きてりゃきっと、世に名を残せたものを……」

「どのように亡くなられていたのでしょう？」

「舞台がはねてから、俺たちは酒楼にむかったんだ。だけど、あいつだけは来なかった。新しい芝居の台詞を覚えるからってさ。帰ってきたら、消えていた。最初は、一座を飛び出したんだと思ったよ」

座長の口ぶりからすると、あるていど名が知れたら役者が飛び出すことは、珍しくないのかもしれない。

燕飛は荷運びをする子供たちを見た。痩せて、大きな目をして、自分の頭より大きな荷を頭にのせている。芝居を好んで集まった子供ばかりではないはずだ。うつろな顔は、拾われたか売られたか。哀れと思ったが、いまの燕飛に子供らを救うすべはない。

燕飛は神都にいる妹と弟に思いをはせた。燕飛が哭女をして稼がなければ、妹たちも彼らのような境遇に身を落としていた。

「死体は川で見つかったのですよね？」

「やめろ、思い出しちまっただろ」

座長が舌打ちをして、じろりと燕飛を見下ろした。

「申し訳ありません」

「脳みそがなくなってて、頭がいびつに歪んでた」

「脳みそがなくなっていたっ？」

燕飛が問い直そうとすると、周りにいた座員からからかうような笑い声が上がった。

「おまえ、哭女なんてやめて、一座に加わるか？　その美貌と声があれば、人気の役者になれるかもしれないぞ」

「わたくしは……」

一座全体が、なにかの生き物のように動いた気がした。見まわすと、一座の全員の目がこちらにじっと注がれている。

「ひとを見る目はたけてるんだ。おまえたち、男だろ？　だまされねぇよ」

また笑われた。燕飛は背中に冷や汗をかきながら、微笑みを浮かべた。

「わけあって、哭女となりました。これを最後にして次の仕事は決まっておりますので」

「そうか、そりゃあ、残念だなぁ」

このままこの場所にとどまっていてはいけない気がした。燕飛は李澎の手を摑むと走り出した。追いかけてくる足音に焦ったが、「まぁいい」と呼び止める座長の声が聞こえた。

最初から、燕飛と李澎をさらうつもりだったのだろうか。

だから話をさせてもらえたのか。

宿屋が見えなくなっても追っ手を気にする燕飛を、不思議そうに李澎が見る。

「どうして男だってわかったのかな？」

危うい場所にいたのだと気づいていないようすで、李澎が顎に手を当てた。

年下の李澎を巻き込むところだった。働いたことのない坊ちゃんだ。仕事をさせるよりも、女のように見える外見を好まれて慰み者になっていたかもしれない。

自分のせいで彼の人生をめちゃくちゃにしていたかもしれないことに、燕飛は寒気を覚えた。

李澎よりも腕は太く、声音も以前より低くなっている。哭女を始めたころと比べると、あきらかに燕飛の体は成長している。

「演じる仕事を生業にして生きてきたひとの、磨かれた目によるものでしょう……」

そうあってほしいと願いながら、やはりこれが最後の哭女だと、まぶたを閉じて考える。

「それで、どうしようか？　行きづまっちゃったね。殺されたふたりに関連はないし、似たところだってない。殺されかたが同じなだけだ」

「本当にそうでしょうか。三人とも、胡人ですよ」

「そうなの？」

胡人とは、北方や西域の諸民族をまとめた呼びかただ。いろいろな人種がいる。祖先がなんらかの理由で長安に来てすっかり漢人のようになっている者や、いまも商人たちのつなぎ役として首都や大都市に定住する者はたいてい裕福だが、戦から逃げてきた貧しい者たちもいる。

西の文化は華やかだと人気だが、人々が溶けあいきっているわけではない。漢人の中には胡人を軽視する者がいる。逆も、またいる。

「世情にうといのですね。安も、石も、康も、どれも胡人の名字です。殺されたのはみんな頭脳明晰《めいせき》なひとたちだった」

燕飛は座長と話したときに浮かんだ恐ろしい考えを口にする。

「そして、きっと脳みそを食べられている……」

「えっ？」

「珍しい死体を薬として食べることがあるのですよ。人間のなかには、自分の願いを叶えるためなら、どのような悪事でも働く者がいるのです」

畑を耕していて見つけた昔の墓をあばき、棺におさまっていた死体を竜骨という生薬として売るなんてことがあると、右聴から聞いたことがある。それに、憎い相手を食べることで、その力を身につけようとする故事は山ほどある。

「死体を……食べる？」

「爪の垢《あか》を煎じて飲む、みたいなことです」

「それとはだいぶ違う気がする」

そうだが、燕飛の思考はそこにはなかった。顎に手を当てて、犯人像を思い浮かべる。

「ひとの頭を割るのには力がいります。だから犯人は若い男。きっと胡人に恨みがあるのでしょう。そして科挙を……目指しているのかもしれません」

「どうして、そんなことがわかるの？」

「犯人は優秀な頭脳を薬として体内に取りいれることで、自らも優秀になろうとしています。

……ああ、小澎！　早く帰りましょう。老師が危ない！」

「どういうこと？」

燕飛は李澎の腕をつかんだ。

「康怜豊！　老師は蘭大人に頼られるほど優秀な胡人です。常に学生や、わたくしたち内弟子が側にいたから犯人に狙われることはなかった。わたくしたちはなにがあっても、老師のもとを離れてはならなかったのです！」

御者はふたりの頼みを聞いて、急いで大通りを駆け抜けて、康怜豊の屋敷に到着した。

燕飛は飛び降りて、哭女の姿のまま屋敷に入った。

「康老師！」

居間で横たわる康怜豊の頭を、黒髪の漢人が切り取ろうとしていた。

ああ、やはり。

胡人の頭を狙う犯人——周逢が握る刀は、大きく、のこぎりのような形をしていた。

蠅がたかっていたのは李澎の荷物入れではなかった。周逢が罪を重ねていた刀のほうだったのだ。きれいに血をふき取っても、脂が残っていたら虫はよってくる。

なぜだ、とも思う。兄弟子の周逢は、慣れない暮らしで心細い燕飛を励ましてくれたではないか。同じように遅くまで勉学する燕飛に、笑って「ともに励もう」と言ってくれたではないか。

あの落ちついた声に、これまで何度も勇気をもらった。

燕飛は考えても出ない答えに唇をかみしめ、康怜豊を守るため周逢に思い切り体当たりをした。

周逢が突き飛ばされて床に倒れる。そこに、李澎が現れた。

「どういうこと？」

「周大兄が犯人だ。捕まえてくれ！」

周逢が立ちあがり、燕飛に刀剣をむけた。

燕飛と李澎は同時に動いた。周逢の刀剣の先が、燕飛の髪をひとふさ切り落とした。李澎が周逢の腰にしがみつき再び押し倒す。

刀剣が居間の片隅に転がっていった。周逢が暴れる。燕飛は李澎とふたりがかりで周逢を押さえ、帯をほどいてすばやく周逢の両腕を背中側で縛りあげた。燕飛はうつぶせに倒した周逢に馬のりになり、李澎に老師の様子を見るよう目でうながした。

「なにをするっ。愚か者どもめ、邪魔をするな！」

周逢は息を荒らげた。声には得体の知れない響きがあった。燕飛は生唾を飲みこんだ。

「なぜ、ですか」

「なぜ！　ははっ、愚かなことを聞く。胡人など虫けらだ。ひとではない！」

聞いた覚えのない冷笑だった。

「ど、どういうことですか」

舌打ちが聞こえた。忌々しさを爆発させるかのように暴れる。だが、燕飛と李澎は周逢をしっかりと押さえつけた。周逢の呼吸が短く、荒くなる。

「害虫どもは俺の父母を道端で殺した！　そして別の胡人が、なにもかも失った俺を小銭で買いあげた。あいつらは俺の人生をはした金で買うんだ。それで自分に便宜をはからせようとする。冗談じゃない。胡人ごときがなぜ俺の人生を決める！」

「周大兄！」

「胡人は汚らわしい、胡人は汚らわしい！　ああ、そうだ、俺は幼かったんだ、そうしなけりゃ生きられなかった。あいつに弄ばれ、言われたとおりにするほかに、どうやって生きていけた？」

「まってください、いったいなにを話しておられるのですか！」

「科挙？　受かってやろうじゃないか。そしていかに胡人など要らぬ存在であるかを国中に知らしめてやる。法律を作る。俺は法律を作る！　胡人が漢人と同じ権利を持っていてよいはずがないのだから！」

「では、老師のことも、安珠にしたように食べようとなさっていたのですね！」

「科挙を目指すと決めてからずっとやってきたことだ。胡人のくせに優秀などとは気にくわぬ。科挙のために必要な知識は充分に得た。科挙を受ける前に殺して、食って、俺の役にたってもらうことにした。おまえも食ったらどうだ、次の科挙に通りたいだろう！」

周逢の恨みのこもった声音に、飢えた獣を前にしたような心地になる。

「小飛！　老師の息があるよ！　まだ死んでない！」

李澎の呼び声に、周逢を押さえたまま、

「いますぐに、医者と官吏を呼んできてくれ」

と叫び返す。

「わかった！」

李澎が扉を出て行った瞬間、周逢が燕飛をふり落として立ちあがり腕の帯をひきちぎった。

周逢は転がっていた刀を手に取った。

燕飛は立ちあがろうとしたが、遅かった。

刃先を燕飛の鼻先にむける。周逢はすばやく瞬きを繰り返して、燕飛を見下ろしている。出かたを間違えれば、この刀は燕飛を裂くだろう。冷たい汗が背中を伝った。

ゆっくりと刃先が動いた。燕飛の喉元まで落ちて、再び目の高さまで持ちあげられた。鈍く光る銀色の刃に自分の姿がゆがんで映っている。鼓動が速くなる。歯を食いしばって恐怖に耐えた。

「もうわかっただろ！　わかったら俺の邪魔をするな！」

刀の先が首にあてられた。このままじゃ殺される。とにかく時間を稼ぐ必要がある。間違えるな、燕飛は自分にそう言い聞かせて大きく息をした。まぶたを閉じたい気持ちをこらえて、じっと周逢を見上げた。

「わたくしは……いえ、俺は、神都で泪飛という名の哭女をしていました」

「知っている。その姿を見て思い出した。俺たちはかつて会っている。鴛鴦夫婦の葬儀で。覚えていないか？」

じっと周逢の顔を見る。特徴のない、よくある顔だ。

「俺は喪主で、おまえが哭女として現れた」

「……まさか、あの消えた喪主というのが……」

いまはほくろがないが、鴛鴦夫婦の葬儀では墨で描いていたのだろう。変装をしていたのだ。似ていると思っていたが、まさか同一人物とは思わなかった。

「そうだ、俺だ。胡人に拾われて奴隷のようにあつかわれていた俺は逃げ出して、薄汚い仕事をうけおい、その対価をもらって生きのびてこうして勉学に励んでいたのだ。だが、いずれ金も尽きる。だからこそ、必ず次の試験で受からねばならない！」

「お気持ちはわかります！　俺の父母も、胡人に殺されました。あっけない最期に、悲しみのあまり涙も出ませんでした。その後、あなたと同じように右聴という人物に拾われ、このように哭女の格好で働かされてきました」

言いながら燕飛は、自分が周逢のようになっていた可能性もあるのだと気づいて、ぐっと拳を握った。拾ってくれたのが右聴で良かった。

武則天の後継者争いという、下々の自分たちにかかわらないはずの政治の話に、周逢は踊らされてきたのだ。

「男のくせに、女のふりをして哭女とは確かに哀れだな！」

「俺たちは両親を亡くし、おとなたちの都合のよい駒として使われてきた。弟と妹とは引き離されました。俺が科挙に合格しなければ、ふたりは売られてしまうでしょう。俺たちが自由になるには、次の科挙に受かるしかない」

声を震わせるな。怯えたところを見せるな。いままでだって葬儀で愁嘆場をくぐりぬけてきたじゃないか。

燕飛は周逢を刺激しないように同調してみせた。

嘘を真実に織り交ぜながら話すと、周逢の注意を引いたのがわかった。だが、瞬きの速さと浅くせわしない呼吸はそのままだ。

「……そうか、おまえもかっ……」

燕飛は逃げたくなる気持ちをおさえて下腹に力をこめた。

「はい、周大兄と俺は同じです」

燕飛が断じると、周逢はおし黙った。周逢の気分ひとつで、青蘭にはもう会えなくなるかもしれない。いいや、こんなところで息絶えるわけにはいかない。燕飛はじっと周逢を見つめた。

周逢は刀を燕飛の首からはなした。

「……しょうがないな。おまえが約束してくれるなら、おまえの命を絶つのはやめよう」

「俺にどうしろと言うのですか？」

燕飛は立ちあがった。

「見逃せ。名を変え、別の土地で科挙を受け、生きのびてみせる！　数ヶ月とはいえ、俺たちはともに内弟子として過ごしてきた絆があるな？　それに、おまえが俺と同じ身の上なら、俺の気持ちがわかるはずだろう？」

迫る周逢に、燕飛は戦慄した。このひとは、もうひとじゃない。獣だ。

絆は、確かにあった。一緒に学べて楽しかった、うれしかった。とくに燕飛と周逢は境遇が似ていた。ふたりとも、自分の力で未来を切り開いてゆかねばならなかった。

尊敬していた、少し嫉妬するくらいに。そして目標としていた。

「……わかりました」

「ふふっ、ははははは！　そうだ、それでいい！　俺がなにを償ったところで、死者は蘇らないのだからな！」

周逢はのけぞって大きく笑っている。

助けはまだこないか。

李澎が戻るまでは引き留めておかなくてはならない。

確かに死者は戻らないが、周逢が捕まったら事件は解決する。この長安の人々は安らかにすごせるようになる。

それに、毒の蜂蜜を受けとって亡くなった者の多くが、先帝に重用された旧臣だったという事件も解決するかもしれない。

次期皇帝となる太子の座に、先帝の一族ではなく、我が君の甥をつけようと考える悪人の犯行だろうと推測されてきたが、周逢を飼っていた人物が繋がっているかもしれないのだ。

これ以上時間稼ぎができないのなら、身を挺《てい》して阻むしかない。そう覚悟したとき、外から、ひとが走ってくる音が聞こえた。

口の中が乾いて、手が震えた。

数人の官吏たちを連れた李澎が刀を持った周逢を見て、悲鳴をあげた。

周逢は戸口にむかって走り出した。

「来てくださいましたか！　あやつが犯人です！」

燕飛を指さして、官吏たちのあいだを縫って去ろうとする。

「違う！　犯人は周大兄、あなただ！」

李澎が周逢にとびかかって、行く手を阻んだ。正面から激しくぶつかったふたりは、そのまま部屋のなかに転がった。

大柄な官吏たちが周逢をとり囲む。周逢はふっと黙りこんだ。そして顔に憎悪をみなぎらせ刀をふりまわした。

「なにをする！　俺は我が国で最高の宰相になる男だぞ！」

わめき散らすが、官吏のひとりが周逢の右手首を掴み、腕を背後に回してとり押さえる。ごとりと床に刀が落ちる音が響いた。なおも周逢はわめき続けている。

「胡人を殺せ！　胡人を殺せ！」

医師が康怜豊のもとに駆けより、傷口を見る。官吏たちに拘束された周逢は顔を真っ赤にして、口から唾を飛ばしてわめき散らしながら遠ざかっていった。

「これなら、命に別状はないだろう」

医師の言葉に、燕飛はよろめきながらその場に座りこんだ。じわじわと体中に恐怖が戻ってくる。

「周逢は、長安で何人もの頭を斬りつけて殺していた犯人です！　亡くなった安珠は！　ほかのみなは！　誰もが賢い胡人でした！」

官吏に李澎が金切り声で訴えると、官吏は少年を落ちつかせるように深い声でさとした。

「危ないまねをしたな。怪しいと思ったところで官吏に報告するべきだった。さがっていなさい。

ここからは、おとなの仕事だ」

燕飛と李澎はうなずいた。もしもここに青蘭か黄偉がいたら、燕飛は官吏の捜査に参加できただろう。だが、いまはなんの伝手も持たない少年に過ぎない。

「う、ん……」

康怜豊が目を覚ました。

燕飛と李澎はすぐに康怜豊のもとに駆けよった。

「老師！　ご無事でなによりです！」

髪を血で赤く染めた康怜豊はあたりを見まわして、遠くに周逢を見定めると額を押さえた。

「わたしは……そうか、安珠のようになるところであったのだな。そなたたちが周逢を止めてくれたのか。しかし、子供であるおまえたちを危険にまきこむなど、すまないことをした」

「いいえ、俺たちが康老師をお助けしなくて、誰がお助けするのです」

周逢は官吏に体を縛られて屋敷を出ていった。

燕飛と李澎は、周逢が去るのを園庭で見送った。

胡人がそれほどまでに憎かったのか。自分を買って、いいように弄び、利用しようとした胡人をそこまで恨んでいたのか。だが、胡人も、漢人も、同じ人間だ。胡人にも漢人にも善人はいる。悪人もいる。それだけのことだ。みんな一緒だ。

自分の願いを叶えるために、殺していいはずがない。

燕飛は李澎が言っていた言葉を思い出した。

「なぁ、そういえば、安珠に聞かれていただろう？」

「なにを？」

「天帝に願いをひとつ叶えてもらえるなら、なにを望むかって。安珠の願いは聞かなかったのか？」

李澎がくしゃっと顔をゆがめて、複雑な笑みを浮かべた。

「安珠も『ないよ』って。そう言って、笑ってた。願いは自分で叶えないとねって、僕たち笑いあったんだ」

「そうだな」

燕飛は園庭に咲いた牡丹を見た。

青蘭に書簡への返事を書こう。

『家族を守ってくれていてありがとう。今日、もう哭女は続けられないと痛感するできごとがあった。それでも世の中をよくしたい。だからかならず官吏になる。科挙に合格して、探花宴で牡丹を愛《め》でる。早く隣に立ちたい――燕飛』と記そう。

果てしない頂を目指すような目標ではある。

だが、夢みたいな願いであっても、自分で叶えるほかないのだから。

終章

久視《きゅうし》元年（七〇〇）八月三日、十九歳になった燕飛の足取りは重かった。単衣の喪服を着て、洛水に架かる石脚橋を渡る。北市のにぎやかな通りをそれたら、久しぶりに路地を曲がるのだ。考えずとも、燕飛の体は道を覚えている。

道が細くなり、薄汚れた壁が連なり始めた。割れた瓦の目立つ灰色の家の前で歩みの止まった燕飛を、先ほど燕飛を追い越したふたりがふり返る。

「兄さん、どうしたの？」

門にさしかかったところでこちらをむく二つの影は、美女と評判だった母そっくりに成長した妹と、父親によく似てきた弟だ。

「行こう」

燕飛は首をふってふたりに笑いかけ、家の中に入った。

「ああ……っ、おいたわしい、なんと悲しいことでしょう！」

人気のない居間に、慟哭が響いている。哭女だ。だが、涙は出ていない。

燕飛は居間に供えられた棺に歩みよると、そっと棺によりかかった。

中には右聴がいた。眠っている彼女は細くて、青白くて、そして冷たい。

「俺たちを最初に助けてくれたのは、あなたでしたね」

父に続いて母が死に、親類たちが現れて財産を奪われてから、燕飛たちは人買いに売られそうになった。そんなときに、「借家の家賃を払いな」と現れたのが右聴だった。

右聴がまわりのおとなたちを追い払い、嘘泣きに濡れた顔の燕飛の頰を両手で包んだ。

右聴は「お泣き」、といびつな微笑みを浮かべた。

あんたはいつでもどこでも泣けたね、それなら仕事をして稼ぎなと、哭女になるよう誘われた。

逆らうなんてことは考えずに、燕飛はその言葉に飛びついた。

殺しても死なないような老婆だった。いつも金の話ばかり。それが燕飛の、右聴への印象だった。

仕事に追われる毎日が始まり、燕飛は右聴の厳しさに不満を覚えていくようになった。いいように使われている。そう思うようになった。

けれど、いまならわかる。あの頃はまだ十歳かそこらだった。勉強ばかりしてきた燕飛は、働いて稼ぐ大変さを微塵も知らなかった。

右聴は燕飛を見捨てなかった。葬儀でどう慟哭すればいいのかをしこみ、女らしいしぐさを叩きこみ、仕事をまわしてくれた。手間がかかったはずだ。

だけど、右聴が、神都随一と呼ばれる哭女にまでしてくれた。

涙を流す燕飛に隣の哭女がぎょっとしたのがわかった。本当の涙を流せる哭女はいまも少ないのだろう。下手な泣きまねなら、いっそいないほうがましだ。

思い出すと、優しいところもあった。

特別な日には早く家に帰してくれた。妾になれと迫られたときの断りかたや、黄偉の雇員になるときには孫のように思っていると言って、身をまもるための忠告をくれた。

顔に傷を作って帰ったら、黙って手当てをしてくれた。

「右聴大人、あなたの温情に感謝いたします」

黄偉の雇員になってからも「しかたがない」の一言で、燕飛の好きなようにやらせてくれた。

右聴の棺のむこうには祭壇が作られている。位牌、たくさんの花、果実や生前に好んでいた菓子などが置かれている。豪奢な葬儀だ。ためこんだ金を、弔いに使うように遺言でもしていたのかもしれない。

燕飛はぐるりと部屋を見まわした。

誰が葬儀をとりしきっているのだろう。

「泪飛！」

懐かしい呼び名とともに、駆けよってくる男の足音が聞こえた。燕飛はゆっくりと立ちあがった。懐かしい顔がそこにはあった。

笵浩だった。燕飛より五歳年上の彼は、記憶にあるよりずっと精悍《せいかん》になっている。先におとなになったと思っていた男の視線は、まっすぐに燕飛に注がれている。

「どうして俺を見るのですか？」

訝《いぶか》しんだ燕飛は自分の喉元に手を当てた。指に喉ぼとけが触れる。すっかり成長した燕飛は、笵浩が知っている少女、泪飛の姿とは別人になっているはずだった。喪服も男物だ。

だから、もしも見るのなら、かつての自分にそっくりな妹のほうを見るはずであるのに。

しかし、笵浩はまっすぐに燕飛を見ている。

困惑する燕飛に、笵浩は腕を組んでふんと鼻を鳴らしてからにやりと笑った。

「知ってたさ、男だってことはな」

燕飛は言葉を失った。

「……いつから？」

「俺たちが組んで、どれだけの道を走ったと思ってる。そうさな、一年目にはもしかしたらと思った。確信を持ったのは二年目だったか」

「いつも俺に嫁になれって言っていたのに？」

「鬼婆から助けてやろうと思ってたんだよ。昔は銭に細かくて人使いの荒い、とんだひとでなしだと思ってたからな」

「いまは違う？」

「俺、養子になったんだよ。おまえが突然消えちまってから、婆さん勢いがなくなっちまってな。こりゃあ支えてやらねぇとってさ」

燕飛は自分の小ささを痛感した。哭女だったあの頃、誰も信じられなかった。自分の守るべき弟妹を養っていくだけで精いっぱいだった。

思い返すと、范浩は昔から優しい男だった。燕飛とて、男の言葉に救われたことが幾度もあった。燕飛が考えていたよりずっと、この笵浩という男は大きな人間だったのだ。

「長安に行ったあとどうしているかとは思っていたが、その様子だと元気そうでなによりだ。おまえさんの顔を見て婆さんもこれで安心しただろうよ」

「そうでしょうか？」

「ああ、弔いには必ずくると思ってたぜ。銭爺の葬儀を覚えてるか？　あんときも、施しの饅頭に感謝しておまえは走ることを選んだくらいだからな。恩義がある右聴の葬儀なら、なおさらだ」

「……突然消えたうえにあれから連絡もしなかったというのに……ずっと、気にしてくれていたと言うのですか」

「青蘭の支援で、李家の坊ちゃんと長安に留学にむかったってのは知ってたさ。これでも右聴の後継ぎだ」

「さすが、笵浩大兄。かくしごとはできませんね」

昔から噂が好きな男だった。范浩が周旋屋を継ぐというのは、確かにこれ以上ないほど適任であるように思う。

「それで、どうなったんだ。おまえの口から聞かせてくれ」

「科挙に、受かりました。五年かかってしまいましたが。官吏として、蘭大人や偉大人と仕事しています。今日も、ふたりが口添えしてくれて葬儀に来られました。李家の坊ちゃん……李澎はいまだに遊学と称して世の中のあれこれを楽しんでいますよ」

「あの日、青蘭と出会った日がおまえを変えたのだな」

「それは間違いありません。でも、それだけじゃ、蘭大人だけじゃなかった。俺はまずあなたがたに、笵浩大兄と、右聴大人に出会っていた。幸運でした。いまならわかります」

右聴に命と弟妹を助けられた。笵浩が辛い仕事に笑いをくれた。それから青蘭に出会って前を見ることと生きる意味を学び、黄偉が妹と弟を手元に置いて、夢のために努力することを可能にしてくれた。

哭女の姿を借りて触れてきた人間の悲しさや醜さに、官吏への憧れを刺激された。

しかし一方で大義賊の閻羅王にも出会い、なにが正しいのかを考えることにもなった。

狄仁傑に与えられた機会が燕飛の進路を定めた。簡単なことなどなにもないことも知った。それでも科挙を目指すのだと覚悟を決めた。

周逢との出会いが、自分の境遇が恵まれていたのだと教えてくれた。燕飛が周逢のようになっていてもおかしくなかった。

結局、周逢を飼っていた人物は捕まらなかったが、政治のありかたが周逢を凶行に走らせたのだ。

だからこそ、青蘭と黄偉のように自分もいい役人にならねばと思わせてくれた。

そしていま、燕飛はひとりの青年として自立している。

「戻ってきたんならまた贔屓《ひいき》にしてくれよ。情報を集めるのは得意なんでね」

「はい、笵浩大兄。きっとまた」

「んじゃ、ひとまずはさいならだな」

燕飛は笵浩に見送られ、妹と弟を連れて右聴の家を出た。

風が吹く。爽やかな風だ。「ぐずぐずするんじゃあないよ」と背中を押す右聴の声が聞こえた気がした。

「兄さん、本当にとんでもないまねをしてたのね」

妹の瑶が燕飛の袖を引く。

弟の阿雲も頷くと、眉をぎゅっとひそめて燕飛を見上げた。

「男の身で哭女をやるなんて、考えないよ普通。聞いた僕たちがどれだけ驚いたか」

燕飛はふたりに、ずっと問うてみたかったことを尋ねた。

「恥ずかしいまねだと思うか?」

呆れと親愛の乗ったいたずらめいた笑顔が燕飛を見た。

「私たちを生かすためだったのでしょう?」

「俺は兄ちゃんを誇りに思うよ」

目の奥が熱くなる。わかってもらいたい相手に、理解されることの喜びとはこれほどまでか。

北市に近い新居に戻ると、燕飛は喪服を脱いだ。

「俺は、おまえに救われた」

鏡に映った自分にむかって、燕飛は手を伸ばした。そうして、もう記憶の中にしかいない泪飛を心で抱きしめる。悲しみを涙と歌に乗せてひとの心を渡った少女はもういない。いまいるのは、十九歳の青年、燕飛だ。

正午を知らせる鐘の音が鳴った。

燕飛は白い袴をはき、襟元まで詰まった上衣を着た。上衣の留め具を結ぶ。

鏡から顔を上げて、部屋を出る。

「行ってくるよ！　蘭大人と偉大人が待ってるから」

ぱたぱたと足音が聞こえ、瑶と阿雲が出てきた。

「兄さん、気をつけてね。どうか、無事のお帰りを」

阿雲に笑いかけ、瑶には手を上げ頷いた。

美しく育った瑶には、黄偉のもとにいた頃から婚姻の申し出が多くあった。いつだったか、瑶はいずれ似合いの伴侶を見つけてこの新居を出ていってしまうのだと青蘭と黄偉にぼやいたことがある。青蘭は豪快に笑ったが、黄偉は黙り込んだ。

あのときの反応の差を見抜けなかったのは未熟さゆえだろうか。

瑶は、次の春が来たらあの男に嫁ぐ。どうやら長くあずけすぎたらしい。

「ああ、心がけるよ。待っていてくれ」

狄仁傑は神功《しんこう》元年（六九七）に神都に戻った。

誰を太子にするか迷っていた武則天は、狄仁傑の諫言《かんげん》により、ふたりの甥を退け高宗の子である廬陵《ろりょう》王《おう》李顕《りけん》（中宗《ちゅうそう》）を召還し皇太子とした。これは、甥にあたる武承嗣《ぶしょうし》と武三思の太子の座を狙う画策が狄仁傑の知るところとなった故とされている。

「狄仁傑様をお助けして、この帝国の平和を守るために精いっぱい努力してくるよ」

「私たちにとって兄さんは燕飛しかいないことも忘れないで」

「わかってるよ、瑶」

燕飛は瑶の頬を撫で、阿雲の肩を軽く叩いてから家を出た。

「いってらっしゃい！」

家の前には馬車が待っていた。官服を着た、青蘭と黄偉が乗っている。

「待っていたぞ」

青蘭が微笑んだ。ずっと『待つ』と言い続け、励ましてくれた青蘭と交わした約束を果たすために、燕飛は努力に努力を重ねて官吏となった。まだ始まったばかりだ。

燕飛は青蘭の隣に乗り込んだ。

「急ぐぞ！」

黄偉が御者に叫び、馬車は神都の大通りを駆け抜ける。

燕飛は天を見上げた。眩しさに目を眇《すが》める。光が降り注いでいる。

神都のみならず、大帝国をも輝かせている光だ。

しかし、光が強ければ、闇もまた深い。

覚悟はできている。この世の中を明るくするのだ。人々の泣き顔を、今度は笑顔に変えるのだ。

初出
「胡服麗人」（「泣き娘」を改題）「小説すばる」二〇一五年七月号
「鴛鴦の契」「小説すばる」二〇一六年四月号
「閻羅王」「小説すばる」二〇一八年二月号
「両頭蛇」「小説すばる」二〇一九年二月号
「探花宴」「小説すばる」二〇二〇年二月号
「終章」書き下ろし

装丁　坂野公一＋吉田友美（ｗｅｌｌｅ　ｄｅｓｉｇｎ）
装画　アオジマイコ

小島　環　こじま・たまき
一九八五年名古屋市生まれ。愛知県立大学外国語学部中国学科卒業。二〇一一年「美しき豹と、黄河の花嫁」が第二回『このライトノベルがすごい！』大賞で二次選考を通過。一三年同作が西尾嘉泰名義で青松書院より刊行。一四年「三皇の琴　天地を鳴動さす」で第九回小説現代長編新人賞を受賞。一五年同作を改題した『小旋風の夢絃』でデビュー。他の著書に『囚われの盤』。

泣《な》き娘《むすめ》

二〇二〇年一〇月一〇日　第一刷発行

著者　小島《こじま》　環《たまき》
発行者　徳永　真
発行所　株式会社集英社
〒一〇一-八〇五〇
東京都千代田区一ツ橋二-五-一〇
電話　〇三-三二三〇-六一〇〇（編集部）
〇三-三二三〇-六〇八〇（読者係）
〇三-三二三〇-六三九三（販売部）書店専用
印刷所　凸版印刷株式会社
製本所　加藤製本株式会社
定価はカバーに表示してあります。

ISBN978-4-08-771729-7 C0093